la duchesse a disparu

J'AI LU

BARBARA CARTLAND

la duchesse a disparu

traduit de l'anglais par Dominique de Scitivaux

Éditions J'ai Lu

Ce roman a paru sous le titre original :

THE DUCHESS DISAPPEARED

NOTE DE L'AUTEUR

La question de savoir qui est autorisé à porter le tartan m'a été posée très souvent. En principe, seules les familles qui en possèdent un aux couleurs de leur clan en ont le droit.

Comme cette règle n'est pas respectée, on n'en tient pas réellement compte.

En 1746, l'Angleterre promulgua une loi interdisant aux Highlanders de porter des armes et même d'en posséder. Un an plus tard, il fut interdit aux jeunes gens et aux hommes de « mettre et de porter les vêtements communément appelés costume des Highlands, c'est-à-dire, culottes, baudriers « philabeg » ou petit kilt, bref, quoi que ce fût qui appartînt au costume des Highlands ».

Cette loi haïe demeura en vigueur pendant trente-sept ans et seule l'armée fut autorisée à porter légalement le tartan. Elle fut abolie en 1783, mais ce fut à partir du règne de George IV et de la reine Victoria que les rois d'Angleterre se passionnèrent pour le seyant costume écossais.

Une fois installée dans l'Aberdeenshire, la reine laissa libre cours à son intérêt pour la vie en Ecosse et la cour au château de Balmoral était une véritable débauche de tartans.

Les herbes mentionnées dans ce récit sont celles recommandées par le plus grand herboriste de l'époque, Nicolas Culpapper.

1

1870

Fiona coupa les herbes très finement, puis les jeta dans une casserole pleine d'eau qu'elle posa sur le vieux fourneau nettoyé et poli à neuf.

Tout brillait dans la cuisine, si rustique avec ses grosses poutres.

Du plafond, pendaient un jambon, une botte d'oignons et, dans un coin, un canard tué la veille par un fermier voisin.

– J' vous apport' ça, mademoiselle Windham, avait-il dit à Fiona d'un air embarrassé. Ça f'ra un bon r'pas pour la p'tit' demoiselle.

– Merci beaucoup, monsieur Jarvis, avait répondu Fiona qui savait pertinemment que ce présent s'adressait, non à Marie-Rose, mais à elle-même. En effet, tout en lui témoignant du respect, les jeunes fermiers des environs nourrissaient envers elle la plus vive admiration.

En hommage silencieux, ils lui apportaient des lapins, des pigeons, des gigots d'agneau et, à la saison de la chasse, une couple de perdrix ou un faisan.

Betsy les recevait sans cérémonie par l'entrée des cuisines et, quand Fiona l'asticotait à ce sujet, lui faisant observer à quel point c'était gentil de leur part, elle riait.

– Nous pourrions bien mourir de faim, mademoiselle Marie-Rose et moi, si vous n'aviez pas une jolie figure! avait-elle coutume de dire et Fiona ne pouvait s'empêcher de rire car c'était la pure vérité.

Betsy était descendue au village pour faire quelques courses et Fiona se disait, à la vue du magnifique oiseau, que si Betsy le cuisinait comme elle savait le faire, chaque bouchée serait un régal.

Elle en était à se demander comment accommoder la volaille, quand un coup très fort fut frappé à la porte.

Sans doute le nouveau venu avait-il, mais en vain, tiré la cloche un bon moment. Mais celle-ci était cassée depuis plusieurs mois, et tout le monde le savait dans le voisinage. Il ne pouvait donc s'agir que d'un étranger.

« La barbe! », se dit Fiona.

Elle repoussa la casserole sur le côté du fourneau. Il ne fallait surtout pas laisser bouillir les herbes, car cela leur faisait perdre leurs propriétés, ainsi qu'elle l'avait souvent répété à Betsy; mais la vieille femme ne tenait aucun compte de ses remarques.

« Chaque fois que je suis en train de faire quelque chose, quelqu'un arrive! » se dit-elle.

Elle enleva le tablier qui protégeait sa jolie robe et se dirigea vers la porte de devant, tout en remettant de l'ordre dans sa coiffure.

La maison, très vieille, remontait à la reine Elisabeth. Sa sœur et son beau-frère avaient fait disparaître un certain nombre d'ornements ajoutés au cours des siècles.

A présent, les murs étaient blancs, comme ils devaient l'être à l'origine; on avait décapé la peinture qui enlaidissait la charpente et l'escalier sculpté.

La beauté de cette demeure enchantait Fiona. En traversant le hall pour aller ouvrir, elle en fut frappée une fois de plus.

Elle vit en haut du perron un homme d'un certain âge, vêtu proprement et avec sobriété. Derrière lui, attendait une voiture attelée de deux chevaux.

– Suis-je bien chez feu lord Ian Rannock? demanda-t-il.

Fiona inclina la tête.

– Oui.

– Je voudrais parler à la personne qui s'occupe de sa fille.

– Je suis Fiona Windham et Marie-Rose est ma nièce.

L'homme parut surpris, puis après un instant d'hésitation, il déclara :

– Je suis charmé de vous rencontrer, mademoiselle. Puis-je vous parler en privé? Je suis Angus Mac Keith.

Fiona ouvrit la porte en grand.

– Entrez, je vous en prie, monsieur.

En disant ces mots, elle se rendit compte que le léger accent qui l'avait intriguée, était l'accent écossais – un accent très léger, car cet homme était bien éduqué, probablement un gentilhomme.

Elle ferma la porte tandis qu'il se débarrassait de son chapeau et de son manteau de voyage; puis elle traversa le hall et ouvrit la porte du salon.

C'était une pièce ravissante, basse de plafond et dont les fenêtres aux carreaux en losange donnaient sur la roseraie qui se trouvait derrière la maison. Au-delà, s'étendait le potager avec toutes les herbes qu'elle continuait à cultiver comme sa sœur l'avait fait de son vivant.

Il y avait un divan très confortable, des fauteuils profonds et des fleurs sur presque toutes les tables, dont le parfum se mêlait à celui de la cire.

– Asseyez-vous, je vous en prie, monsieur, dit Fiona en lui indiquant une chaise près de la cheminée, tandis qu'elle-même s'asseyait dans un fauteuil en vis-à-vis.

Elle attendit, un peu inquiète, se demandant ce que cet Ecossais lui voulait.

– Puis-je, tout d'abord, mademoiselle, vous exprimer ma sympathie pour la mort de lord Ian et, bien entendu, pour celle de votre sœur.

Il prononça ces deux derniers mots avec une certaine hésitation. Fiona se raidit : maintenant, elle savait qui il était et d'où il venait.

Comme il s'attendait à une réponse, elle dit :

– Merci pour votre sympathie. Ce fut un choc terrible.

– Je comprends, reprit Mac Keith. Il y a plus d'un an que cela est arrivé, si mes souvenirs sont exacts, mais les nouvelles mettent assez longtemps à parvenir en Ecosse et la mort de lord Ian a été cause de certaines transformations, de certains arrangements.

– Quels arrangements? demanda Fiona.

M. Mac Keith hésita un instant et, choisissant ses mots, il expliqua :

– Vous n'ignorez pas qu'en Ecosse, contrairement à ce qui se passe en Angleterre, une femme peut hériter des biens et du titre de sa famille.

S'il avait voulu surprendre Fiona, il avait certes réussi. Ses grands yeux bleus écarquillés, elle répondit :

– Mais c'est impossible!

– Je vous assure que si, répondit-il.

– Ce qui signifie? demanda-t-elle d'une voix incertaine.

– Que Marie-Rose est l'héritière présomptive de son oncle, le duc de Strathrannock.

Fiona perdit le souffle. Les mots lui manquaient et, au bout d'un instant, Mac Keith poursuivit :

– Vous admettrez, je pense, que cette situation bouleverse du tout au tout le sort de cette enfant.

– Pourquoi?

La question était posée d'une voix dure.

– Cela devrait vous paraître évident, répondit Mac Keith. Tant que lord Ian était vivant, le fait qu'il eût une fille ne présentait aucun intérêt particulier; il était fort jeune et aurait pu avoir un fils ou même plusieurs.

– Lord Ian était l'héritier présomptif de son frère, fit observer Fiona, mais cela ne lui a servi de rien sa vie durant, puisque, depuis son mariage, sa famille l'avait renié.

– Ce fut, évidemment, une très triste affaire.

M. Mac Keith parlait d'une voix sèche, mais elle sentit qu'il essayait de lui témoigner de la sympathie.

– Très malheureuse, en effet. Mon beau-frère a été blessé par l'attitude de son père, puis par celle de son frère, et l'insulte faite à ma sœur est impardonnable.

– Je comprends très bien ce que vous ressentez, mademoiselle, dit Mac Keith. Mais tout ceci appartient au passé. Nous devons maintenant penser à l'avenir de votre nièce Marie-Rose.

– De quelle manière?

– Le duc souhaite qu'elle parte immédiatement pour l'Ecosse.

– C'est impossible!

– Pourquoi? demanda Mac Keith.

– Parce que Marie-Rose a toujours vécu ici. C'est sa maison et elle y a été très heureuse avec ses parents. Le feu duc ainsi que l'actuel possesseur du titre ont coupé tous les ponts avec le père de Marie-Rose : ainsi leurs souhaits la concernant ne m'intéressent pas le moins du monde.

– Vous vous êtes constituée sa tutrice? demanda Mac Keith.

– Il n'y avait personne d'autre pour veiller sur elle après la mort de ses parents, répondit Fiona.

– Oui, je comprends; mais légalement, comme Marie-Rose est l'héritière présomptive du duc, celui-ci est son tuteur.

– Marie-Rose a maintenant huit ans et, jusqu'à ce jour le duc n'a jamais montré le moindre intérêt pour elle. Je doute fort que, dans ces conditions, un juge anglais lui accorde le droit d'être son tuteur.

– Un juge anglais! s'étonna Mac Keith. Mademoiselle, vous n'ignorez pas que Marie-Rose est écossaise. Si l'affaire était remise entre les mains de la justice, je suppose que le procès se déroulerait à Edimbourg.

Fiona se mordit la lèvre, puis demanda, des larmes dans la voix :

– Comment et pourquoi le duc veut-il faire venir Marie-Rose en Ecosse? Pourquoi n'a-t-il pas d'enfants? Il est jeune!

Il y eut un silence pendant lequel Fiona comprit que M. Mac Keith hésitait à lui donner certaines explications. Elle se taisait, fixant d'un regard sombre l'homme assis en face d'elle.

– Il se peut, mademoiselle, que votre beau-frère ne vous en ait pas informée. Le duc est marié.

– Je le savais, mais je croyais que la duchesse était morte.

– Sa Grâce a en effet disparu il y a huit ans, trois

ans seulement après le mariage; mais on n'a jamais retrouvé son corps. Jusqu'à ce qu'on le retrouve, le duc reste légalement marié.

– Est-ce possible? questionna Fiona. Ian disait que son frère avait épousé une femme choisie par son père et qu'il était extrêmement malheureux; mais je pensais qu'il était libre, à présent.

– C'est une situation très pénible, vous vous en rendez compte; mais Sa Grâce a accepté le fait qu'il ne peut se remarier. Ainsi Marie-Rose devient non seulement son héritière, mais le futur chef du clan.

Fiona serra ses paumes l'une contre l'autre et s'écria en essayant de contrôler sa voix :

– Est-ce que vous vous rendez compte que si le duc avait fait part de cela à son frère de son vivant, ce dernier aurait vu les choses sous un jour moins triste?

M. Mac Keith ne répondit pas et elle poursuivit :

– Mon beau-frère a été très choqué – il faudrait dire blessé. En effet son frère, après avoir hérité, n'a pas cherché à le joindre, mais au contraire s'est acharné après lui comme l'avait fait son père.

– Les Ecossais sont très collet monté, mademoiselle, expliqua Mac Keith. La famille et tout le clan ont considéré le mariage inattendu et impétueux de lord Ian, alors si jeune, comme un véritable crime.

– Mais cela n'a aucun sens, s'exclama Fiona. Le duc est à peine plus âgé que mon beau-frère et sans doute aurait-il eu un héritier. Quand on apprit par les journaux que la duchesse avait disparu et était certainement morte, tout le monde fut certain qu'il se remarierait.

Elle s'interrompit avant d'ajouter :

– Mon beau-frère disait toujours : « J'espère que maintenant Aiden trouvera une femme qui le rendra aussi heureux que je le suis! »

– Lord Ian n'avait pas bien compris la situation, dit Mac Keith. La duchesse est certainement morte, mais, malgré toutes les recherches, on n'a pas retrouvé son corps et c'est à présent sans espoir.

– Cela me semble parfaitement absurde, dit Fiona d'une voix sèche.

– Ce sont les faits! répondit sèchement Mac Keith.

– Ainsi, après toutes ces années d'indifférence, le duc veut avoir Marie-Rose auprès de lui. Il faut qu'elle quitte son foyer et tout ce qui lui est cher pour partir pour l'Ecosse? demanda Fiona.

– Elle trouvera là-bas un foyer chaleureux, mademoiselle. J'ai oublié de vous dire que tous les membres du clan souhaitent qu'elle soit élevée en Ecosse dans les traditions des Rannocks.

– Et sans aucun doute, souhaitent-ils également l'endoctriner et lui transmettre leurs haines ancestrales et leur goût de la cruauté! répliqua Fiona. Comment pourrait-on faire confiance à une famille capable de rejeter l'un des siens, parce que celui-ci a épousé quelqu'un qui ne leur plaisait pas?

– Il n'y a que Sa Grâce qui puisse répondre à cette question, fit tranquillement M. Mac Keith.

– Eh bien, il n'avait qu'à venir, je lui aurais posé personnellement la question, répliqua Fiona.

Comme Mac Keith la regardait d'un air interrogateur, elle ajouta :

– Je n'ai pas la moindre intention de laisser partir Marie-Rose pour l'Ecosse. Pas toute seule, en tout cas.

Sa voix était pleine de colère, mais Mac Keith répondit toujours aussi paisiblement :

– J'ai reçu pour mission d'amener la petite fille avec sa gouvernante ou sa nurse au château de Rannock.

– Eh bien, elle n'a ni l'une ni l'autre! interrompit sèchement Fiona.

– Dans ce cas, il me paraît évident que vous l'accompagnerez vous-même, mademoiselle.

Elle s'attendait si peu à cette déclaration qu'elle demeura immobile et sans voix. Puis, comme elle le contemplait de ses grands yeux assombris par la fureur, il sourit et ce sourire sembla le transformer.

– Je suis curieux de voir, mademoiselle, si vous présenterez le cas de Marie-Rose au duc avec autant de feu que vous me l'avez présenté à moi.

– Je ne crains pas le duc, monsieur, si c'est là ce que vous insinuez, répondit-elle. Mon seul souci est le bonheur de ma nièce et je doute fort qu'elle le trouve au château de Rannock.

– Nous verrons, dit M. Mac Keith, mais puis-je vous demander de préparer votre départ le plus vite possible?

Fiona se leva et alla contempler le jardin. Il lui semblait que sa tête était sur le point d'éclater.

Elle ne s'attendait vraiment pas à une chose pareille. Elle détestait le duc et tous ceux qui avaient traité si durement son beau-frère; c'est pourquoi elle avait décidé que l'Ecosse était un sujet tabou.

Elle n'ignorait pas cependant que Ian avait toujours eu la nostalgie de son pays, de la terre où il était né.

Lorsqu'en août, il faisait trop chaud en Angleterre et que le jardin souffrait du manque d'eau, elle avait souvent surpris sur son visage une expression de regret et avait compris que, dans ces moments-là, il songeait aux brumes sur les collines, aux grouses qui volent bas dans la bruyère, aux ruisseaux qui cascadent comme des rubans argentés.

Sa sœur, elle aussi, devenait plus douce et plus tendre qu'à l'accoutumée, comme pour remplacer tout ce que son mari avait perdu, tout ce à quoi il avait renoncé pour l'amour d'elle.

N'était-il pas extravagant que la vendetta, comme l'appelait Fiona, ait duré plus de huit ans, de leur mariage à leur mort?

Et tous deux avaient disparu dans un accident de chemin de fer. Ils avaient trouvé plus amusant de voyager en train pour se rendre à Londres, plutôt que de prendre la voiture comme ils en avaient l'habitude. Ian pourtant conduisait les chevaux avec une maîtrise et une élégance incomparables.

Jamais, en outre, il n'avait montré le moindre regret d'avoir quitté le somptueux château et les vastes domaines de sa famille pour habiter ce modeste manoir anglais. Il faut dire aussi que jamais Fiona ne connut couple plus heureux que celui de sa sœur et de son beau-frère.

Souvent ils lui avaient raconté l'histoire de leur rencontre. Ian était tombé amoureux de la manière la plus inattendue.

– Je remontais Bond Street lorsqu'il se mit à pleuvoir. Je cherchai une voiture de louage, mais, naturellement, n'en trouvai pas. La pluie devenait torrentielle, aussi m'abritai-je sous un porche, me demandant combien de temps j'allais y moisir.

Il s'arrêtait toujours à cet endroit de son récit pour se ménager un effet théâtral.

– C'est alors que j'entendis de la musique et me rendis compte que l'on jouait du piano. C'était si beau et si fort que je restai là à écouter. Puis je vis que je me trouvais devant une salle de concert. La pluie augmentait d'intensité, aussi décidai-je d'attendre une éclaircie en écoutant de la musique.

– Vous êtes donc passé par-dessus votre fameux sens écossais de l'économie pour acheter un billet!

– C'était payer vraiment très peu pour écouter quelqu'un qui jouait de manière aussi exquise, répliquait Ian.

– Mais, disait alors Rose-Marie, se mêlant à la conversation, vous ne vous doutiez pas que j'étais une femme!

– Pas le moins du monde! répondait son mari. J'étais certain de me trouver en présence d'un homme aux longs cheveux, étranger sans aucun doute.

– Au lieu de quoi... poursuivait Rose-Marie.

– Je découvris un ange! répliquait-il. L'ange le plus exquis et le plus ravissant qui se puisse imaginer.

Une semaine après cette rencontre, Rose-Marie apprit à Fiona qu'elle était follement amoureuse, et que tous deux étaient si terriblement épris qu'ils ne pouvaient envisager de vivre l'un sans l'autre.

Ian écrivit à son père qu'il avait l'intention d'épouser Rose-Marie Windham. Il était honnête et expliqua qu'elle possédait un tel talent musical qu'on l'avait persuadée de se produire en public, ce qu'elle avait fait car sa famille était en difficulté. Les critiques avaient salué ses prestations avec force éloges, certains parlant même de « génie ».

Ian avait prévu la réaction du vieux duc et avait décidé de se marier sans attendre la réponse de son père. Ce dernier lui avait en effet formellement interdit d'épouser une actrice, doublée sans aucun doute d'une prostituée.

Ian avait été choqué par cette lettre, mais il s'y

attendait. Rose-Marie, quant à elle, s'était désespérément accrochée au cou de son père et sanglotait amèrement.

– Comment puis-je l'épouser? Comment pourrais-je gâcher sa vie? Pourtant, je ne puis vivre sans lui.

Cela en effet leur paraissait à tous deux impossible et ils s'étaient mariés. Ian savait qu'une fois ce pas franchi, son père ne lui pardonnerait jamais.

Le duc mourut deux ans plus tard. Ian espéra que son frère qu'il avait toujours adoré prendrait contact avec lui et mettrait fin à cette situation qui l'empêchait de revenir au château.

Mais le nouveau duc n'en fit rien.

Peu à peu, Fiona vit l'espoir se flétrir dans le cœur de Ian; il était pour toujours banni de son clan et du château qui tous deux faisaient partie intégrante de sa vie.

– Si seulement son frère se montrait un peu plus compréhensif! répétait souvent Rose-Marie à Fiona. Comment peuvent-ils chasser quelqu'un d'aussi merveilleux que Ian?

Elle eut un petit sanglot et ajouta:

– Il n'a jamais un mot amer contre le duc et, pourtant, je sais ce qu'il ressent et comme il a de la peine!

En repensant à tout cela, Fiona se disait que le duc de Strathrannock devait être un personnage brutal et insensible.

Ecossais lui-même, il ne pouvait ignorer ce que représentait l'Ecosse pour son frère; néanmoins, il continuait à le punir pour avoir épousé une femme qui n'avait que le tort d'être une grande pianiste.

Espérant que cela arrangerait les rapports entre Ian et son père, Rose-Marie renonça à jouer en public. Elle ne joua plus que pour son mari et pour sa sœur, puis, plus tard, pour sa fille.

Rose-Marie et Ian étaient tous les deux fort tristes de n'avoir qu'un enfant; mais Marie-Rose était un tel ange, une telle « enfant de rêve », comme disait son père, qu'elle consolait ses parents d'être fille unique.

Comme attirée par la pensée de Fiona, la petite fille ouvrit la porte et entra dans la pièce.

– Tante Fiona! cria-t-elle de sa petite voix haut perchée, j'ai trouvé le chèvrefeuille que vous vouliez! J'en ai un panier plein!

Elle traversa la pièce en courant, sans s'apercevoir de la présence d'un étranger et Fiona se retourna. Une fois de plus, à la vue de sa nièce, il lui sembla qu'elle était un ange tombé du ciel.

La première fois qu'il avait vu Rose-Marie au piano, Ian Rannock avait pensé qu'elle ressemblait à un ange: Marie-Rose était le fruit de leur amour...

Elle possédait une ossature délicate et son petit visage rond était éclairé par deux immenses yeux bleus. Ses cheveux mousseux étaient couleur d'aurore.

Impossible de ne pas la remarquer quand on la voyait pour la première fois et Mac Keith ne fit pas exception à la règle. Il la contempla avec étonnement.

– C'est merveilleux, ma chérie, dit Fiona en prenant le panier de chèvrefeuille des mains de la petite fille. Maintenant, dis bonjour à ce monsieur qui est venu d'Ecosse spécialement pour te voir.

Marie-Rose sursauta à la vue de M. Mac Keith et se dirigea vers lui. Après une petite révérence, elle lui tendit la main.

– Excusez-moi, lui dit-elle, je ne vous avais pas vu

en entrant. J'étais tellement contente d'avoir trouvé le chèvrefeuille, les herbes magiques de tante Fiona!

Mac Keith eut quelque difficulté à s'extirper de son siège et, une fois debout, il garda la main de Marie-Rose dans la sienne.

– Quelles sont ces fameuses herbes magiques? demanda-t-il avec intérêt.

– Des herbes qui guérissent les malades. Certains sont persuadés que tante Fiona est une sorcière!

En disant ces mots, Marie-Rose se mit à rire et elle ressembla davantage encore à un petit ange.

Fiona prit une profonde inspiration.

– M. Mac Keith, mon trésor, désire que nous l'accompagnions en Ecosse où tu rencontreras ton oncle, le duc de Strathrannock.

– Est-ce le frère de papa? demanda Marie-Rose.

– Oui, répondit Mac Keith.

– Je sais tout de l'oncle Aiden, dit Marie-Rose. Il habite un grand château où papa jouait lorsqu'il était petit. Il y a des tours pour tirer sur les ennemis qui venaient envahir le château et voler le bétail.

Fiona était stupéfaite.

– Est-ce ta maman qui t'a raconté tout cela? demanda-t-elle.

– Non, c'est papa, répliqua Marie-Rose. Quand nous étions seuls, il me parlait de l'Ecosse et de ce qu'il faisait à mon âge.

Fiona comprit que Ian avait besoin de parler à quelqu'un du pays qu'il aimait, de l'endroit où il était né et où il avait été élevé. Il ne pouvait en parler à sa femme qui eût été peinée en voyant tout ce qu'il avait sacrifié pour elle; aussi avait-il bavardé de l'Ecosse avec sa petite-fille. Fiona ne s'en était jamais doutée.

– Je suis sûr, Marie-Rose, que vous aimerez beaucoup l'Ecosse dit Mac Keith, et que vous serez heureuse de voir le château où il est né et tous les gens qui l'aimaient lorsqu'il était petit.

– Allons-nous réellement en Ecosse? demanda la petite fille.

– Cela vous fait-il plaisir?

– Oui, mais pas sans tante Fiona.

– Elle vient avec nous.

Il parlait d'un ton rassurant, mais Fiona sentit une restriction dans sa voix.

« Je ne laisserai pas le duc m'enlever Marie-Rose! » pensa-t-elle avec violence.

Elle avait toujours détesté cet homme et, maintenant, elle le haïssait plus que jamais.

– Est-ce que l'oncle Aiden ressemble à papa? questionna Marie-Rose.

– Je trouve que oui, répondit M. Mac Keith, mais il est un peu plus âgé que votre père et il n'a pas eu une vie très heureuse.

– Pourquoi? s'enquit Marie-Rose.

– Il lui manque, je crois, une petite fille comme vous, répondit Mac Keith avec un sourire.

– Cela veut dire qu'il est seul, dit Marie-Rose avec gravité. Maman disait qu'il faut être très gentil avec les gens qui sont seuls comme le pauvre M. Benson au village, dont la femme est morte et dont le fils a été tué à la guerre.

– Eh bien, dit Mac Keith, j'espère que vous serez gentille avec votre oncle.

– Je tâcherai, répondit-elle. J'ai hâte de voir les grands murs et les tours dont m'a parlé papa. Sont-elles toujours là?

Elle semblait anxieuse et Mac Keith la rassura.

Plus tard, Fiona ne put se rappeler ses impressions et encore moins les analyser. Elle fit ses bagages et se prépara à quitter une maison où elle venait de passer cinq années de sa vie; elle avait cru y demeurer toujours en veillant sur Marie-Rose.

A la mort de son père, elle n'avait que seize ans et s'était retrouvée seule.

Rose-Marie et elle avaient perdu leur mère lorsqu'elles étaient encore enfants et leur père n'avait plus jamais été le même depuis la mort de sa femme. C'était là son second mariage malheureux, mais il n'avait pas eu d'enfant de son premier mariage.

Il adorait ses deux ravissantes filles mais il était de santé fragile. L'argent manquait pour le soigner convenablement, aussi Rose-Marie se décida-t-elle à exploiter son talent de pianiste.

Elle n'avait donné que quatre récitals mais, dès le premier, elle avait eu tant de succès qu'elle avait gagné suffisamment d'argent pour assurer une vie confortable à son père.

Après la mort de ce dernier, il ne restait d'autre solution à Fiona que d'habiter avec sa sœur. Sans doute, c'était imposer à Ian quatre personnes : mais Fiona s'était montrée si discrète et si réservée, laissant, chaque fois qu'elle sentait qu'ils le désiraient, les époux en tête-à-tête, que tout s'était passé le mieux du monde.

Quelque temps après, la nourrice de Marie-Rose s'en alla et Fiona se constitua nurse et gouvernante de sa nièce.

– Tu peux lui apprendre la musique, avait-elle dit à sa sœur et Ian lui apprendra la botanique, moi, je lui apprendrai le reste!

Leur père était un érudit et toutes deux avaient reçu une bonne éducation. Fiona était donc tout à fait qualifiée pour enseigner et Marie-Rose était intelligente et avait l'esprit très vif.

Fiona s'aperçut très vite que l'esprit de l'enfant était aussi séduisant que son apparence. Sans doute, un enfant aussi délicieux ne pouvait-il être qu'un enfant de l'amour!

Fiona était si heureuse qu'elle aimait à répandre le bonheur autour d'elle. Sa mère lui avait appris que donner était un plaisir aussi grand que recevoir et la jeune fille était très sensible aux chagrins d'autrui.

« Comment le duc qui, visiblement, n'a jamais été préoccupé que de lui-même, pourrait-il être un bon tuteur pour Marie-Rose? » s'était-elle demandé plus de cent fois.

Elle empaqueta un certain nombre d'objets que sa sœur avait aimés tout particulièrement, ainsi que des livres pieux qu'elle gardait toujours près de son lit. Elle emporta également le tableau qui se trouvait à la tête du lit de Marie-Rose et qui représentait deux anges jouant avec l'enfant Jésus.

Elle ignorait tout de la religion écossaise mais en connaissait certaines pratiques, dures et pour ainsi dire fanatiques. Elle frémit en pensant à ce qui l'attendait.

Marie-Rose, de son côté, était surexcitée à l'idée de voir le château et pressait M. Mac Keith de questions. Il se montra surpris de son intelligence et de la bonté que trahissaient ses propos. Betsy était littéralement enchantée à l'idée de garder le Manoir et Fiona fut un peu réconfortée : ce n'était pas comme si elle abandonnait sa maison pour toujours!

La demeure appartenait à présent à Marie-Rose, mais elles n'auraient pu la garder sans le petit héritage fait par Fiona à la mort de son père.

Lord Ian disposait de très peu d'argent qui lui venait, du reste, de sa grand-mère. Lorsqu'il avait épousé Rose-Marie, le duc lui avait naturellement coupé les vivres.

En conséquence, il leur avait été très difficile de joindre les deux bouts, mais ils y étaient parvenus. En pensant à tout cela, Fiona se demandait comment elle arriverait à être aimable avec le duc, quand elle découvrirait le contraste entre son style de vie et celui de sa sœur et de son beau-frère.

En tout cas, elle n'avait pas du tout l'intention de renoncer à Marie-Rose. D'ailleurs, serait-il possible de transplanter quelqu'un d'aussi délicat, d'aussi exquis dans ce rude climat du Nord?

« Si les choses ne se passent pas bien, se dit-elle, je repartirai avec Marie-Rose, quoi que dise le duc. Il pourra toujours saisir les tribunaux pour obtenir la garde de l'enfant : cela prendra des années et rien ne dit que la loi écossaise soit applicable sur le territoire anglais. »

Elle eût aimé prendre conseil d'un avocat avant son départ, mais elle n'en eut pas le loisir car, tout en restant fort poli, Mac Keith lui fit comprendre qu'il était extrêmement pressé de rentrer.

« Il faudra bien tout de même qu'il attende que je sois prête! », se dit Fiona avec fureur. Elle le sentait constamment derrière elle, la forçant à se hâter, alors qu'elle aurait voulu retarder le plus possible son départ.

En fait, Mac Keith était un homme intelligent et plein de charme. Ils bavardaient tous les soirs, quand Marie-Rose était couchée et elle le trouva non seulement intéressant, mais très compréhensif.

– Je sais et je comprends, mademoiselle, qu'il vous est difficile de vous faire à cette situation. Mais rendez-vous compte : en devenant l'héritière du duc, Marie-Rose sera presque l'équivalent d'une princesse de sang royal.

Fiona le regarda d'un air interrogateur, et il poursuivit :

– En Ecosse, un duc – et le duc de Strathrannock est l'un des plus importants – est chef de clan et règne pratiquement comme un roi sur ses terres et sur ses gens.

– C'est en effet ce que j'ai entendu dire, murmura Fiona.

– Comme vous le savez certainement, le château a été édifié il y a plusieurs centaines d'années pour tenir tête aux Anglais. C'est l'équivalent écossais du château d'Alnwick au Northumberland, construit pour repousser les Ecossais.

Il sourit et continua :

– Le duc possède également d'autres terres en Ecosse et son prestige, ainsi que celui de son clan, est considérable.

– Le duc est visiblement extrêmement fortuné ! fit observer Fiona.

Mac Keith ne jugea pas utile de répondre. Il savait qu'elle pensait aux tapis usés du manoir, aux deux chevaux de l'écurie qui étaient des bêtes médiocres et à la voiture de sa sœur, assez minable, démodée de surcroît.

Au bout d'un moment, Mac Keith poursuivit :

– Les fils cadets, quelle que soit leur situation sociale souffrent toujours. Je parle par expérience, mademoiselle.

– Ce n'est pas juste !

– Ainsi que bien des choses dans la vie.

– L'injustice m'indigne toujours au plus haut point.

Mac Keith émit un petit rire.

– Puis-je vous demander, mademoiselle, de passer votre colère sur le duc et non sur moi?

– C'est bien ce que j'ai l'intention de faire! s'exclama Fiona.

Comme pour lui donner un avant-goût de ce qui l'attendait, elle apprit, le jour de leur départ, qu'à une quinzaine de kilomètres, le train personnel du duc les attendait à la gare pour les emmener jusqu'en Ecosse.

– Un train privé? demanda Fiona.

– C'est un nouveau jouet, répondit Mac Keith d'un ton sarcastique. Le duc le considère comme utile à son statut et à sa position par rapport aux autres ducs.

Fiona était absolument abasourdie et Marie-Rose, enchantée! Le train, peint en blanc et portant le blason des Rannocks, ressemblait effectivement davantage à un jouet qu'à un véritable train.

Plusieurs domestiques en livrée les attendaient. Arrivés dans le Nord, ils échangèrent la livrée des Rannocks contre un kilt, pour la plus grande joie de Marie-Rose.

Le wagon-salon était meublé de confortables fauteuils et les sleeping de ravissants lits de cuivre.

– Papa ne m'a jamais parlé de ce train, fit observer Marie-Rose.

– C'est qu'il est tout neuf, lui expliqua Fiona. Dans son enfance, ton père voyageait en calèche attelée de chevaux. Je me rappelle qu'il m'a raconté à quel point il était épuisé en arrivant à Londres.

– J'aimerais bien que papa soit dans le train avec nous! dit Marie-Rose. Mais maintenant qu'il est au ciel, il nous voit, et il voit aussi comme je suis bien et comme je m'amuse.

– J'en suis sûre, répondit Fiona. Maintenant, dis tes prières, mon trésor, et va te coucher. Demain, nous verrons un tas de belles choses par la fenêtre.

Elle s'assit près du lit de la petite fille qui s'agenouilla et joignit les mains.

Elle fit sa prière comme elle le faisait chaque soir depuis que sa mère le lui avait appris. Elle savait ses prières depuis qu'elle parlait.

– Merci, cher Bon Dieu, de m'envoyer dans le château de papa avec ce joli train et, surtout, dites à papa de bien me regarder pour me faire savoir si j'ai oublié quelque chose d'important.

Elle se blottit dans les bras de Fiona qui retenait ses larmes. Celle-ci l'embrassa et la borda.

Quand elle était ainsi avec Marie-Rose, l'absence de sa sœur lui pesait cruellement. Rose-Marie était l'aînée, mais elles avaient toujours été très proches et la présence de l'enfant lui rappelait sans cesse les bons moments passés ensemble.

C'était Ian qui avait suggéré d'appeler leur petite fille Marie-Rose, afin de rappeler le nom de sa mère.

– Elle est votre réplique en miniature, ma chérie, avait-il dit à sa femme, et quel que soit le nom que nous lui donnerons, pour moi, elle sera toujours une autre Rose-Marie.

– Si le bébé avait été un garçon, avait chuchoté Rose-Marie, je l'aurais appelé Ian, car quelqu'un portant votre nom ne pourrait être que merveilleux.

– J'ai une idée! Appelons-la Marie-Rose, cela évitera les confusions.

Sa femme avait battu des mains en riant.

– C'est parfait! Que vous êtes intelligent, mon amour! Mais promettez-moi une seule chose : vous ne l'aimerez pas plus que moi, ou je pourrais bien être jalouse!

– Comment pouvez-vous penser une chose pareille? Je vous aime tant, vous êtes tout pour moi! Que Marie-Rose soit aussi heureuse que nous, je ne demande rien d'autre pour elle.

Fiona avait tenu dans ses bras le bébé pendant le baptême. Marie-Rose avait souri au prêtre et avait semblé apprécier beaucoup la cérémonie.

– Une chose est certaine, c'est que le diable n'est pas sorti de son corps, fit observer l'un des assistants.

– C'est une très bonne chose, répliqua Ian en clignant de l'œil. Toutes les femmes ont besoin d'être un peu démoniaques, si elles veulent tenir leur place dans le monde.

Fiona qui n'avait alors que treize ans n'avait pas très bien compris la signification de ces paroles, mais son père avait pouffé de rire en disant :

– Il a bien raison. Les femmes qui sont trop soumises et trop complaisantes sont ennuyeuses, et un homme a besoin d'être stimulé. Je suis sûr que ma petite-fille se débrouillera très bien, le moment venu.

– Sottises! avait protesté Rose-Marie. Elle sera un ange, comme moi!

Ils avaient tous éclaté de rire et Fiona, plus tard, songea que sa sœur et elle-même avaient effectivement une petite touche de démoniaque.

Rose-Marie le laissait rarement paraître, car elle nageait dans le bonheur; mais Fiona avait un caractère violent et elle n'avait pu s'empêcher de dire à M. Mac Keith que l'injustice lui faisait prendre feu et flamme.

Elle avait une fois découvert un gamin en train de torturer un chien. Il était plus grand et plus fort qu'elle, mais elle s'était mise à le frapper avec un bâton, tant et si bien qu'il avait pris la fuite.

Elle se disait à présent qu'il lui fallait contrôler le démon qui l'habitait, mais qu'elle ne se priverait certainement pas de dire au duc quelques-unes des vérités qu'il méritait d'entendre.

« Il est riche au point de posséder un train personnel, il a des propriétés en Ecosse et ailleurs et il a laissé son frère en difficulté. C'est lamentable! »

« C'est lamentable! »...

« C'est lamentable! » semblait répéter le train dont les roues scandaient les mots qui se bousculaient dans sa tête.

« C'est lamentable! »...

2

– Nous arriverons à la gare de Rannock dans vingt minutes environ, annonça Mac Keith.

Fiona sursauta légèrement. Elle était agacée de sentir son cœur battre à se rompre. Elle savait bien que c'était de la nervosité et se méprisait à la pensée de l'effet que lui faisait déjà le duc.

Le voyage avait été très agréable et Marie-Rose était enchantée de pouvoir courir d'un bout à l'autre du train.

Fiona avait lu quelque part que, dans les nouveaux trains, les compartiments communiquaient comme dans celui-ci. Ce n'était que l'année précédente que la reine avait adopté ce moyen de transport. Ainsi, les dames d'honneur n'étaient plus obligées de descendre et de monter les marchepieds, ce qui leur évitait de montrer leurs jambes.

Pour Marie-Rose, ce fut un jeu extrêmement

amusant de courir d'un bout à l'autre du wagon et elle vint s'asseoir sur les genoux de Fiona en disant :

– Tante Fiona, nous arrivons!

– C'est justement ce que j'allais t'annoncer, lança Fiona avec un sourire.

– Je suis bien triste de quitter le train, mais j'ai très envie de voir le château, déclara Marie-Rose.

La pensée du château avait fait beaucoup travailler son imagination. En outre, Mac Keith avait passé son temps à lui en conter l'histoire et à lui narrer les batailles livrées dans le passé par les Rannocks.

La nuit précédente, alors qu'elle la bordait, Fiona entendit Marie-Rose lui demander d'une voix ensommeillée :

– Si papa avait vécu, aurait-il été duc?

– Seulement dans le cas où ton oncle n'aurait pas eu d'enfant, répondit la jeune fille.

– Pourquoi l'oncle Aiden n'a-t-il pas d'enfant?

C'était une question à laquelle il était difficile de répondre et Fiona répliqua sans se compromettre :

– Ton oncle n'a pas de femme pour le moment.

– S'il se marie et qu'il a une petite fille comme moi, je ne serai plus son héritière, en conclut Marie-Rose.

Elle parlait pour elle-même, essayant d'éclaircir la situation, tant Mac Keith lui avait parlé des problèmes qui les attendaient au château. Sans doute voulait-il ainsi la préparer à la situation qu'elle occuperait désormais.

Mais quelle injustice! se dit-elle. Son beau-frère, qui eût tant aimé rentrer chez lui, avait été banni et, à présent, on accueillait sa fille!

Cette réflexion ne contribua pas à améliorer les

sentiments qu'elle portait au duc, mais elle finit par se convaincre que la seule chose importante était le bonheur de Marie-Rose. Mais il fallait qu'elle reste avec elle et ne l'abandonne pas aux mains des Rannocks.

« Si je me montre désagréable, pensa-t-elle, le duc me renverra. Il faut que je fasse attention. En tout cas, je n'ai pas l'intention de le flatter, mais bien de lui faire comprendre que je trouve sa conduite scandaleuse. »

Elle coiffa Marie-Rose et lui mit son chapeau, nouant sous son petit menton des rubans de la couleur de ses yeux bleus. Le long manteau bleu qui recouvrait sa robe blanche la faisait ressembler à un portrait de Gainsborough et Fiona se demanda si le duc se rendrait compte de la beauté de sa nièce.

Elle avait le sentiment que, malgré leur allure modeste, Marie-Rose et elle apparaîtraient aux frustes Ecossais comme des créatures venues d'un autre monde. Elle avait vu dans des journaux de mode la manière dont les femmes s'habillaient en Ecosse – de tweed terne et bourru – et elle se dit avec philosophie que, l'eût-elle désiré, elle n'avait pas les moyens de changer sa garde-robe.

Il lui avait fallu faire face à de nombreuses dépenses avant de quitter le manoir et laisser presque tout son argent à la banque, afin de pourvoir aux gages de Betsy et du jardinier.

Comment en effet renvoyer le vieil homme qui avait servi sa sœur et son beau-frère depuis leur mariage? Il allait sur ses soixante-dix ans et il lui aurait été impossible de retrouver une place. Aussi s'était-il montré extrêmement soulagé d'apprendre qu'il continuerait à s'occuper du manoir.

Il lui restait donc fort peu d'argent. C'est pourquoi elle avait décidé de se rendre en Ecosse avec ce qu'elle avait coutume de porter dans le Sud, que cela plaise ou non au duc.

Rose-Marie et elle étaient de la même taille; aussi Fiona s'adjoignit-elle la garde-robe de sa sœur. Elle aimait porter ses vêtements, comme si cela les rapprochait. Lorsqu'elle revêtait l'une des robes favorites de Rose-Marie, il lui semblait qu'elle pouvait presque lui parler.

Lord Ian aimait comme son épouse était féminine; avec ses cheveux blonds et ses yeux bleus, il lui voulait des robes blanches ou bleu pâle, « couleur de brume », disait-il.

En boutonnant la jaquette de velours bleu qu'elle portait sur une ravissante robe aux fronces gracieusement retenues par un ruban de satin, elle pensait à sa sœur. Elle était tourmentée par l'impression qu'elle ferait sur le duc, aussi imagina-t-elle que Mac Keith la regardait avec quelque appréhension.

Lorsque le train commença à ralentir, elle demanda à voix basse :

– Avez-vous prévenu Sa Grâce de mon arrivée avec Marie-Rose?

Il hésita avant de répondre, ses yeux brillaient de malice.

– Cela me coûte de l'avouer, mais je n'ai pas osé! J'ai toujours pensé que, dans la vie, il était inutile d'aller au-devant des ennuis.

– Vous vous attendez donc à des ennuis?

– Vous savez bien que Sa Grâce attend Marie-Rose accompagnée d'une gouvernante ou d'une nurse.

– Eh bien, lança vivement Fiona, vous lui expliquerez que je suis les deux!

Il jeta un vif regard à l'élégant petit chapeau orné

de roses et n'eut pas besoin de préciser qu'elle n'avait l'air ni d'une nurse, ni d'une gouvernante.

« Il a beau dire, pensa-t-elle, je vois bien qu'il a peur du duc, comme tout le monde ici, probablement. »

Elle redressa le menton. Les Windham, quels qu'aient été leurs travers, n'avaient jamais été des couards.

– Nous sommes arrivés! Nous sommes arrivés! criait Marie-Rose en battant des mains.

Le train s'arrêta dans la petite gare construite pour desservir exclusivement le château. Leur train privé avait quitté la ligne principale depuis une heure environ pour s'enfoncer dans une région sauvage et magnifique qu'on appelait « La Marche », lui précisa Mac Keith.

En regardant par la fenêtre, elle pensait à toutes les batailles livrées sur cette frontière, à la haine séculaire qui opposait Anglais et Ecossais et qui devait couver encore dans bien des cœurs.

Le vieux duc n'avait-il pas donné comme première raison à son refus pour le mariage de son fils, que la jeune fille était anglaise?

« J'imagine, se dit-elle, que pour le duc actuel, c'est également un crime. »

Cependant, la haine que les Anglais portaient aux Ecossais n'était pas moindre.

En 1138, le château d'Alnwick, bastion anglais de cette frontière, avait dû se rendre à David, roi d'Ecosse. Elle avait parfaitement retenu cette date, car son père, ardent patriote lui avait parlé longuement de cette défaite.

Les Ecossais avaient également remporté la victoire à Standard, événement que l'on avait dû fêter au château de Rannock.

Les deux peuples s'étaient farouchement combattus, génération après génération, et la paix ne régnait que depuis peu, sauf, bien entendu, dans le cœur d'hommes comme le duc.

Le train s'arrêta et Fiona aperçut des hommes en kilt qui les attendaient, vêtus du tartan bleu et vert des Rannocks et coiffés d'un calot orné de plumes noires.

Marie-Rose glissa sa main dans celle de Fiona; l'enfant était si excitée qu'elle pouvait à peine prononcer une parole.

Mac Keith se leva et se dirigea vers la porte; mais Fiona lui dit :

– Peut-être devriez-vous passer le premier. Il semble que beaucoup de gens nous attendent.

– La plupart d'entre eux sont des domestiques, répondit Mac Keith, mais je soupçonne qu'il se trouve parmi eux quelques hommes du clan, venus pour voir Marie-Rose et veiller sur elle pendant le trajet jusqu'au château.

Il tendit la main à l'enfant en disant :

– Venez avec moi que je vous présente tous ces gens qui ont connu et aimé votre père dans son enfance. Certains d'entre eux portent le même nom que vous.

Marie-Rose, qui n'avait jamais été timide, le suivit.

Il sortit sur le quai et la souleva dans ses bras. Les Ecossais poussèrent des cris de bienvenue et entourèrent la petite fille, la dévorant des yeux.

La tenant par la main, Mac Keith la présenta à quelques-uns des plus vieux serviteurs.

– Voici Donald, entendit Fiona. C'est le garde-chasse. Il vous racontera comment votre père a pris son premier saumon lorsqu'il avait votre âge.

Il y avait là des gardes-chasse, des gardes-forestiers, des rabatteurs et bien d'autres encore. Marie-

Rose leur serra la main et Fiona vit que beaucoup d'entre eux avaient les larmes aux yeux.

Puis ils montèrent dans des calèches qui attendaient devant la gare et s'enfoncèrent à vive allure dans une campagne dont Fiona dut admettre qu'elle était fort belle.

Les bois de pins succédaient à des ruisseaux argentés qui dévalaient les pentes boisées et se perdaient dans la lande dont la bruyère n'était pas encore en fleur.

On apercevait au loin des montagnes dont le sommet était caché par la brume. Fiona eut envie de demander leur nom à M. Mac Keith pour les repérer ensuite sur une carte, mais Marie-Rose parlait avec tant d'excitation qu'elle n'osa pas l'interrompre.

Cette excitation n'était pas surprenante. Dans tous les villages et les hameaux qu'ils traversaient, les habitants, des plus âgés au plus petits, poussaient, en les voyant, des cris de joie. Tout le monde était sorti pour voir passer leur voiture.

Fiona était abasourdie par l'enthousiasme que provoquait l'arrivée de Marie-Rose, mais Mac Keith lui expliqua :

– Nous sommes sur les terres de Rannock et personne n'ignore qui elle est. Tout le monde adorait lord Ian.

Fiona serra les lèvres pour retenir le sarcasme qui lui venait à l'esprit.

Tout à coup, Marie-Rose poussa un cri de ravissement et montra du doigt le château qui apparaissait dans le lointain.

Fiona s'attendait à quelque chose de magnifique, mais pas à ce point. Il était réellement immense et impressionnant.

Elle comprenait à présent pourquoi il avait tant

compté pour Ian et avait dominé son enfance et même sa vie entière.

Le premier lord Rannock en avait commencé la construction en 1030; son fils avait continué, puis son petit-fils qui avait passé sa vie à faire la guerre aux Anglais.

Ces guerres continuelles avaient réduit les habitants à une cruelle misère. Les Ecossais gagnant du terrain, le roi Edouard III d'Angleterre avait envoyé vers 1300 une armée considérable afin de les anéantir.

Les Anglais reprirent l'avantage et firent prisonnier le roi David d'Ecosse. Ils envahirent alors l'Ecosse, brûlèrent les villes sur leur passage, en particulier Edimbourg, et dévastèrent le pays.

Les Ecossais, qui avaient à leur tête un Rannock, se vengèrent en pillant le Northumberland et la guerre reprit de plus belle. Bien entendu, le château avait servi de refuge à tous les gens des alentours. Mac Keith avait raconté à Marie-Rose que des sentinelles, postées en permanence à la frontière, allumaient des signaux d'alarme dès qu'elles voyaient s'approcher une armée anglaise ou une patrouille de reconnaissance. Les Rannocks, avertis, se réfugiaient alors au château.

Une muraille d'énormes pierres encerclait la demeure, interrompue à intervalles réguliers, par de hautes tours percées de meurtrières derrière lesquelles et en grand nombre les soldats pouvaient tirer sur l'ennemi à découvert.

A l'origine, le château était entouré de douves, mais il n'en restait plus qu'une, sur la face nord.

– Nous entrerons par la grille du milieu, celle qui ouvre sur les appartements occupés par le duc, expliqua Mac Keith.

– C'est... très... grand! s'exclama Marie-Rose.

– C'est qu'il fallait abriter un grand nombre de gens, répliqua Mac Keith.

Après avoir passé le mur d'enceinte, ils se trouvèrent devant une grande pelouse admirablement entretenue.

– Lorsque les gens venaient se réfugier ici, ils savaient que des soldats les protégeraient. A l'époque, ils venaient donc camper à l'intérieur des remparts et faisaient paître leur bétail à l'endroit où vous voyez à présent des pelouses.

Marie-Rose, très excitée, regardait autour d'elle. Mac Keith lui désigna la Tour des Potences, la Tour des Faucons, la Tour de l'Horloge, la Tour des Gardes.

Les chevaux trottaient à présent vers le château aux murs crénelés et surmontés de statues de bronze. Ils passèrent entre deux tours et s'arrêtèrent devant un perron qui conduisait à une porte de chêne magnifiquement cloutée.

On avait déroulé sur les marches un tapis rouge et de chaque côté se tenaient des domestiques en kilt, avec des vestes à boutons d'argent gravés d'une couronne.

Un majordome à la stature impressionnante les attendait au haut du perron et s'écria d'une voix de stentor :

– Nous sommes heureux de vous revoir, monsieur, et bienvenue à vous, mademoiselle Marie-Rose. Nous sommes tous très heureux de vous accueillir.

La petite fille gravit les marches la main dans celle de Mac Keith. Elle dit : « Merci beaucoup » et lui tendit la main. Le majordome fut visiblement très touché de son geste, prit la petite main et inclina la tête en signe de respect. Elle pénétra à la suite de Mac Keith dans un vaste vestibule et gravit les marches de pierre blanche de l'escalier. Les murs étaient ornés de cornes, d'andouillers et de drapeaux en loques, restes de glorieuses batailles.

Il y avait mille choses à voir et Fiona eût aimé s'attarder à les contempler, mais elle suivit docilement Mac Keith qui conduisait Marie-Rose par la main : on l'avait reléguée, dès les premiers instants, à la place que méritait une Anglaise.

Le mur au-dessus de la grande cheminée du hall était décoré de boucliers et de claymores (1).

Ils arrivèrent sur un palier comportant plusieurs portes d'acajou. Ian avait souvent expliqué qu'en Ecosse les pièces importantes se trouvaient au premier étage. Elle ne fut donc pas surprise lorsque le majordome ouvrit les deux battants de l'une des portes et annonça, d'une voix haute et claire :

– Mlle Marie-Rose Rannock, Votre Grâce!

Mac Keith lâcha alors la main de Marie-Rose et resta dans l'embrasure de la porte. L'enfant s'avança seule vers l'homme qui se tenait dans le fond de la pièce, debout devant une énorme cheminée de pierre sculptée qui offrait un cadre parfait à son propriétaire.

Instinctivement, Fiona s'arrêta aux côtés de Mac Keith et fixa ses regards sur le duc.

Elle s'attendait à voir un homme impressionnant et beau, puisqu'il ressemblait à Ian, mais elle fut surprise par l'impression de puissance et de magnificence qui se dégageait de lui.

Vêtu d'un kilt et portant un sporran orné d'argent (2), c'était un homme de très haute taille.

(1) La claymore est une sorte de rapière que l'on tenait à deux mains. (N.D.T.)

(2) Petite bourse de cuir que l'on porte par-dessus le kilt. (N.D.T.)

Comme son frère, il avait des sourcils très droits, des yeux gris et des cheveux bruns. Mais son expression était si différente de celle de Ian que Fiona se demanda si elle aurait deviné qu'il était son frère, l'eût-elle rencontré en d'autres circonstances.

Il avait un air impérieux, autoritaire et réservé : peut-être tout simplement froid. De toute sa personne ne se dégageait aucune chaleur et il semblait à peine humain. Fiona se dit qu'il était probablement sans égards et cruel.

Il regardait, très à l'aise apparemment, la petite silhouette qui s'avançait vers lui. Fiona avait le sentiment qu'il n'émanait de son regard aucune douceur, mais plutôt du cynisme et peut-être même de la haine.

Puis le charme qui avait fait taire Marie-Rose jusque-là se rompit et elle s'exclama avec ravissement :

– Vous êtes exactement comme papa! Il avait raison lorsqu'il me racontait que vous vous ressembliez petits garçons.

Elle leva la tête pour le regarder.

– C'est un très grand château, oncle Aiden, mais papa disait que lorsque vous aviez mon âge, vous grimpiez au haut des tours, tout en haut! Croyez-vous que je puisse le faire aussi?

Il y avait chez cette enfant quelque chose de si attirant que le duc se baissa et lui tendit la main.

– Peut-être, Marie-Rose, pourrions-nous commencer par nous dire « bonjour ». J'aimerais vous souhaiter la bienvenue chez moi.

– Excusez-moi... J'ai oublié la révérence, dit la petite fille en pliant vivement le genou.

Puis elle mit sa main dans celle de l'homme et ajouta :

– Il vous sera difficile de m'embrasser car j'ai mon chapeau : peut-être serait-il plus commode que vous me souleviez ?

En d'autres circonstances, Fiona eût été amusée par l'expression du duc. Il n'avait visiblement jamais envisagé d'embrasser sa nièce !

Un peu maladroitement il se courba et la prit dans ses bras. Avec confiance, la fillette lui passa les bras autour du cou en disant :

– Voilà qui est mieux ! Vous êtes si grand !

Puis elle l'embrassa sur la joue.

– Il me semble que c'est vous qui êtes bien petite, répondit-il avec assurance.

– Je vais grandir. C'est ce que vous avez fait vous-même, n'est-ce pas ?

– C'est parfaitement exact, fut-il forcé d'admettre.

Comme s'il se sentait un peu encombré, il déposa la petite fille sur le sol et se tourna vers Mac Keith.

– Je suis ravi de vous revoir, Mac Keith. Il me semble que vous êtes parti depuis fort longtemps et il y a une foule de choses à faire.

– Je ferai de mon mieux, Votre Grâce, répondit Mac Keith.

Mac Keith s'approcha, suivi de Fiona, et le duc ne parut remarquer cette dernière que lorsqu'elle fut tout près de lui. On ne pouvait se méprendre à l'étonnement peint sur son visage.

– Qui est-ce ? demanda-t-il.

– Puis-je présenter à Votre Grâce, Mlle Fiona Windham ?

– Windham ?

La question était posée d'un ton sec.

– Je suis la tante de Marie-Rose, dit vivement Fiona en plongeant dans une révérence.

Le duc leva les sourcils.
– Vous avez trouvé bon d'accompagner votre nièce jusqu'ici?
– Il n'y avait personne d'autre pour le faire, répondit-elle. Selon M. Mac Keith, vous souhaitiez qu'elle vienne avec sa nurse ou sa gouvernante. Eh bien, il se trouve qu'indépendamment des liens qui m'unissent à elle, je suis les deux!
Elle crut voir un éclair de colère traverser le regard du duc lorsqu'il demanda :
– Mon frère vous employait-il à ce titre?
Fiona comprit l'intention blessante et son regard était glacial lorsqu'elle répondit :
– Votre frère et ma sœur, Votre Grâce, étaient très gênés et ne pouvaient employer un nombreux personnel. Quand j'allai vivre avec eux après la mort de mon père, je fus trop contente de pouvoir leur rendre service en m'occupant de Marie-Rose.
Il lui parut que le duc avait du mal à la croire. Il demanda d'une voix qui devait intimider plus d'une personne :
– Avez-vous l'intention de rester ici?
– Je pense que c'est là ce que souhaite Marie-Rose, répondit-elle tranquillement.
L'enfant, qui n'avait pas fait attention à la conversation, se rendit brusquement compte de ce que l'on disait et se tourna vers le duc :
– S'il vous plaît, oncle Aiden, je voudrais tant que tante Fiona reste ici avec moi! Je serais très triste si elle s'en allait et elle m'apprend des tas de choses.
La petite voix était suppliante et le duc se rendit compte qu'il était difficile de prendre une décision immédiatement. Il déclara d'un ton cynique :
– Je pense que, pour l'instant, nous pourrons loger votre tante.

– Voulez-vous que je conduise Marie-Rose et Mlle Windham à leurs appartements? demanda Mac Keith.

– Voilà une excellente idée, répondit le duc. Il va sans dire que j'espère bien voir ma nièce dans la soirée.

Il avait parlé de façon à montrer clairement qu'il excluait Fiona, mais elle, sans se troubler, fit une révérence, tendit la main à Marie-Rose et suivit Mac Keith.

Mais Marie-Rose n'avait pas terminé la conversation avec son oncle.

– Oncle Aiden, je veux que vous me montriez les endroits où vous vous cachiez avec papa lorsque vous étiez vilains et la Tour des Gardes où vous avez défié votre précepteur en refusant d'apprendre vos leçons.

Elle laissa échapper un rire cristallin.

– Vous avez dû bien vous amuser! Papa m'a raconté qu'il était furieux car trop âgé pour monter vous chercher.

– Ecoutez-moi bien, Marie-Rose, dit le duc. C'est très important!

Il parlait d'un ton autoritaire qui fit disparaître le sourire de Marie-Rose.

– Vous ne devez jamais – jamais, entendez-vous? – aller dans la Tour des Gardes. Vous pouvez jouer partout ailleurs, mais la Tour des Gardes est dangereuse et j'ai l'intention de la faire réparer. Il ne faut en aucun cas que vous vous en approchiez! Est-ce compris?

Marie-Rose poussa un petit soupir.

– Oui, oncle Aiden, mais peut-être puis-je au moins aller voir à quel endroit vous étiez assis avec papa? Je n'entrerai pas.

– Oui, dit-il d'un ton conciliant. Mais rappelez-vous bien ce que je viens de vous dire, ainsi que votre... tante.

Il hésita avant de prononcer le mot « tante », comme s'il lui était intolérable de penser qu'elles étaient du même sang. Fiona dit :

– J'y veillerai, Votre Grâce. Le père de Marie-Rose aimait tant sa demeure qu'il lui a raconté une foule d'histoires qu'elle n'oubliera certainement jamais.

Elle espéra que ses paroles avaient embarrassé le duc, mais il se contenta de la regarder d'une manière qu'elle jugea méprisante.

Puis Marie-Rose courut à elle et glissa sa main dans la sienne.

– C'est fantastique, n'est-ce pas? Oncle Aiden ressemble à papa, mais il a l'air plus vieux et plus... sévère!

Elles avaient atteint la porte, mais le duc avait certainement entendu les paroles de la fillette qui, peut-être, le mettraient mal à l'aise.

M. Mac Keith la présenta à la gouvernante, une femme d'un certain âge qui les conduisit jusqu'à leurs appartements qui se trouvaient au même étage, mais probablement dans une tour, à en juger par le couloir qu'elles empruntèrent.

Marie-Rose disposait d'une grande chambre avec un lit à baldaquin qui l'enchanta. Celle de Fiona, prévue pour une gouvernante, était plus petite et moins belle.

Cependant, elle ne laissait pas d'être confortable et jouissait d'une vue magnifique sur les remparts et sur la lande.

– Je vais vous envoyer une femme de chambre pour défaire vos bagages, mademoiselle. Elle s'appelle Jeannie et s'occupera de vous et de la petite demoiselle.

Sa voix s'adoucit et, se tournant vers Marie-Rose, elle ajouta :

– C'est un heureux jour pour nous tous que celui où nous accueillons la fille de Sa Seigneurie. Nous sommes très contents de savoir qu'elle va vivre parmi nous désormais.

– Je suis sûre, dit doucement Fiona, que lord Ian serait heureux de la savoir ici.

– Il nous a manqué, il nous a terriblement manqué, reprit la gouvernante. Et plus d'un a pleuré ici en apprenant qu'il avait rencontré la mort sur une de ces machines, ces espèces de monstres mécaniques qu'ils appellent trains !

– Ce fut horriblement triste pour Marie-Rose de perdre à la fois son père et sa mère.

– Nous la rendrons heureuse ici, promit la gouvernante. Aucun de ceux qui portent le nom de Rannock n'hésiterait à se faire tuer pour elle.

Fiona faillit répliquer qu'elle espérait bien que personne n'aurait à en venir là, mais, comme elle se rendait compte que la vieille femme parlait du fond du cœur, elle sourit et remercia.

On apporta les bagages et Jeannie poussa des cris d'admiration devant les toilettes de Fiona qu'elle rangea dans une vieille armoire sculptée.

Marie-Rose commençait à s'agiter.

– S'il vous plaît, tante Fiona, je voudrais voir le château. Allons chercher l'oncle Aiden.

– Nous ne pouvons pas déranger ton oncle, ma chérie. Il est bientôt l'heure de se coucher; mais puisqu'il fait très beau, nous pouvons faire une promenade avant votre dîner.

Elle demanda à Jeannie de préparer un bain et le souper de la petite fille. Il lui semblait ridicule de s'habiller pour quelques minutes, aussi descendirent-elles comme elles étaient et se promenèrent sur la pelouse qui ressemblait à un tapis de velours vert.

Marie-Rose manifesta la ferme intention de voir la Tour des Gardes dont lui avait parlé son père. Ce qui captivait surtout son imagination, c'était que des petits garçons – âgés de treize et dix ans à l'époque avaient osé défier l'autorité. Ce genre d'histoire que tous les enfants du monde trouvent fascinante et que la petite fille pouvait répéter mot pour mot.

– Ils prenaient la nourriture sur la table du petit déjeuner, tante Fiona, et la cachaient dans leurs poches, car ils voulaient passer la nuit dans la tour et prenaient des provisions.

– C'était très vilain à eux, dit Fiona.

– Papa disait que leur précepteur était un vieil homme très méchant qui leur apprenait très peu de chose et les punissait sans cesse.

Fiona trouvait répréhensible de raconter à un enfant ce genre de choses, mais elle en comprenait la raison.

Marie-Rose semblait minuscule au pied de la tour, avec sa robe blanche et sa ceinture bleue.

– Je me demande laquelle est la Tour des Gardes? Montrez-la-moi, tante Fiona.

– Il faut demander à quelqu'un, répondit Fiona.

Il n'y avait personne à portée de voix. Puis elle vit le duc à quelques pas de là. Il descendait l'escalier de pierre, suivi de trois chiens.

Fiona était en train de se demander s'il verrait un inconvénient à ce qu'elles fussent dehors, mais Marie-Rose l'aperçut immédiatement.

– Voici l'oncle Aiden! s'exclama-t-elle. Il va me renseigner.

Avant que Fiona ait eu le temps de répondre, elle traversa vivement la pelouse. Sa chevelure étincelait dans le soleil couchant.

Tout d'abord, le duc qui se dirigeait du côté opposé ne la vit pas, puis il l'entendit appeler :

– Oncle Aiden! Oncle Aiden!

Il se tourna vers elle en criant :

– Attention aux chiens!

Mais il était trop tard. Au cri du duc, Fiona se mit à courir, mais l'un des chiens, un dogue gigantesque, déjà se précipitait vers Marie-Rose.

Soudain il s'arrêta comme si l'enfant lui semblait une chose bizarre, différente de tous les humains qu'il avait vus jusqu'alors. Le duc appelait Rollo, d'un ton sec, et la petite fille posa la main sur la tête du chien pour le caresser.

– Quel joli chien! s'écria-t-elle, il est presque aussi grand que moi!

Fiona se hâtait, l'estomac retourné : si le chien blessait l'enfant, elle ne se le pardonnerait pas. Le duc devait penser de même, car il se mit à courir vers Marie-Rose.

Puis, tous deux ralentirent le pas, n'en croyant pas leurs yeux! L'énorme molosse remuait la queue et tentait de lécher les bras que Marie-Rose lui avait passés autour du cou.

Fiona s'arrêta tout à fait et regarda le duc. Il était pâle et avait dû avoir aussi peur qu'elle.

– Tu es le plus grand chien que j'aie jamais vu et le plus beau aussi, disait Marie-Rose qui avait posé sa joue sur le cou de Rollo.

Le duc marcha sur Fiona.

– Je ne savais pas que vous étiez là, dit-il. Je ne sors Rollo que lorsque je suis sûr qu'il n'y a personne.

– Je suis désolée. Je pensais que Marie-Rose avait besoin de prendre un peu l'air après ce long voyage en train.

– Naturellement, répondit-il. D'ailleurs, mes craintes en ce qui concerne Marie-Rose ne sont pas fondées, mais vous, vous ferez bien de ne pas vous approcher de lui.

– Je n'en ai pas la moindre intention, répondit Fiona.

Le duc, médusé, fixait le groupe formé par Marie-Rose et Rollo.

– A-t-elle ce pouvoir sur tous les animaux? demanda-t-il.

– Je ne crois pas que ce soit un pouvoir. C'est de l'amour, tout simplement. Elle aime les chevaux, les chiens, les chats, tout ce qui vit. Ils doivent le sentir.

– Croyez-vous?

Elle décela une note de moquerie dans sa voix.

– Je crois que l'amour est beaucoup plus puissant que la haine, Votre Grâce, répondit-elle en le regardant droit dans les yeux.

Impossible de se méprendre sur le double sens de ses paroles; un éclair de fureur passa dans les yeux du duc.

Cet échange s'était fait à voix basse car ils craignaient tous deux de troubler le chien, mais avant que le duc pût répondre, Marie-Rose demanda, les bras toujours autour du cou de Rollo :

– Oncle Aiden, je vous en prie, puis-je aller en promenade avec vous et Rollo? C'est le plus joli chien que j'aie jamais vu et je pense qu'il m'aime.

– Cela me semble évident, en effet, répondit le

duc. Mais vous avez eu une journée très fatigante, vous devriez vous coucher tôt. Je vous emmènerai un autre jour.

– C'est promis? Oncle Aiden, je serai très sage.

– Nous verrons cela demain.

– Merci, oncle Aiden.

Elle serra contre elle l'énorme dogue.

– Je t'aime, lui dit-elle. Je suis sûre que tu m'aimeras aussi et nous jouerons ensemble.

Le duc s'éloigna, suivi des deux autres chiens qui étaient des femelles.

– Ici, Rollo!

Le dogue sembla hésiter un moment; puis comme Marie-Rose le lâchait, il lui donna un coup de langue et bondit vers son maître.

– C'est le plus grand chien que j'aie jamais vu, tante Fiona.

La jeune fille, très éprouvée par cette scène, prit la main de l'enfant. Ne fallait-il pas expliquer à Marie-Rose qu'il était imprudent de s'approcher des chiens que l'on ne connaissait pas? Puis elle pensa que c'était inutile : les animaux l'aimaient car ils sentaient qu'elle les adorait et il était peu probable que l'un d'eux lui fasse un jour du mal.

« Pourquoi ne sommes-nous pas tous ainsi? » se demanda-t-elle, tandis qu'elles retournaient vers le château. Mais que répondre à pareille question? Elle détestait le duc qui la haïssait sans doute autant qu'il avait haï sa sœur.

« Il n'y a pas que les animaux qui mordent et se battent » pensa-t-elle, en ricanant tristement.

3

Fiona venait de mettre Marie-Rose au lit lorsque la femme de chambre entra.

– Voulez-vous prendre un bain avant le dîner, mademoiselle?

– Volontiers. A quelle heure dîne-t-on?

Elle se demandait si elle allait dîner avec le duc ou si celui-ci allait la considérer comme une gouvernante et lui faire prendre ses repas seule.

– Sa Grâce dîne à 8 heures. Vous devez descendre au salon un quart d'heure avant.

Fiona regarda la pendule de la cheminée et observa :

– Dans ce cas, il faut nous dépêcher.

Elle se pencha et embrassa Marie-Rose.

– Bonne nuit, mon petit cœur. Si tu as besoin de moi, je suis juste à côté. Dors bien.

– Je vais faire de beaux rêves dans ce lit, dit l'enfant. Je suis sûre que papa et les anges me regardent.

– Certainement, approuva Fiona.

Elle savait que sa sœur avait appris à la petite fille une prière intitulée « Quatre anges veillent sur mon lit ». En regagnant sa chambre, elle songea qu'effectivement les anges ne répugneraient pas à garder l'un des leurs.

Puis elle se demanda quelle toilette porter pour ce premier soir. Elle se sentait pleine de défi et avait l'impression que le duc la voulait soumise, voire servile. Aussi choisit-elle une de ses robes les plus élégantes à large tournure.

Cette robe était très attirante et fort jolie, de la

même couleur que ses yeux, et dont les fronces imitaient le mouvement sinueux des vagues.

Dans le couloir qui conduisait au salon, elle réfléchissait au plaisir qu'elle aurait le lendemain à découvrir le château en compagnie de Marie-Rose. Puis elle posa la main sur la poignée de la porte du salon et se dit que, tôt ou tard, le duc demanderait à lui parler pour connaître ses projets et savoir combien de temps elle comptait séjourner chez lui.

« Je suis prête à livrer bataille », pensa-t-elle.

Quand le domestique lui ouvrit la porte à deux battants, elle releva le menton.

Elle s'attendait à trouver le duc seul ou avec Mac Keith, mais, devant l'imposante cheminée, se tenaient, en sa compagnie, un homme et une femme qu'elle n'avait jamais vus.

Elle se dirigea vers eux, fit au duc une petite révérence en disant :

– Bonsoir, Votre Grâce. J'espère que je ne suis pas en retard.

– Non, mademoiselle, il n'est pas encore 8 heures, dit le duc. Laissez-moi vous présenter à ma cousine, lady Morag Rannock.

Fiona se trouva en face d'une femme plus âgée qu'elle, brune et à l'air distingué, qui l'observa d'un œil critique, puis lui sourit amicalement.

– Je viens juste d'apprendre votre arrivée, mademoiselle, dit-elle. Le duc m'assure que la fille de ce pauvre Ian est une enfant adorable.

– Je suis sûre que ce sera également votre opinion lorsque vous la connaîtrez, répondit Fiona.

– Permettez-moi de vous présenter mon second hôte, interrompit le duc. L'Earl de Selway (1) !

Cet homme, quoique assez laid, avait un charme

(1) En Ecosse et en Irlande, équivalent du titre de comte. (N. D. T.)

que Fiona commençait à croire typiquement écossais, mais dont le duc était totalement dépourvu. Il est vrai que celui-ci eût éclipsé bon nombre d'hommes.

Elle l'avait trouvé superbe dès leur première rencontre, mais son costume du soir avec la cravate de dentelle le faisait paraître encore plus élégant, bien qu'un peu moins impressionnant.

Son « sporran » était encore plus travaillé que celui de l'après-midi et il portait un « Skean-Du » orné de joyaux (1), semblable à celui que Fiona avait toujours vu sur la table de chevet de son beau-frère.

– Je le garde près de moi pour dormir, disait-il à sa femme, afin de vous défendre si vous êtes attaquée, ma chérie.

Rose-Marie éclatait de rire, mais Fiona soupçonnait Ian de conserver l'arme à portée de la main car il aimait à se rappeler ses ancêtres Highlanders. En certaines grandes occasions et à Noël, il s'habillait en Ecossais pour faire honneur à sa femme et à sa fille.

Il leur expliquait alors l'histoire du tartan et leur apprenait que le port du kilt était relativement peu répandu dans les Lowlands.

– Mais les Rannocks, disait-il, sont originaires du Nord. Le clan est allé s'établir dans le Sud à l'endroit où il est encore. Le premier soin des Rannocks fut de bâtir un château pour se défendre en cas d'attaque.

Il ajoutait en souriant :

– C'étaient de féroces guerriers et ils furent bien accueillis pas les hobereaux du Sud qui, beaucoup

(1) Poignard.

plus doux et policés, les employaient quasiment comme mercenaires.

– Les Rannocks en étaient-ils fiers? demanda Rose-Marie.

– Les Highlanders ont toujours été formés de tribus guerrières de type féodal. Ils possèdent une mythologie qui remonte à plusieurs siècles.

– J'ai toujours entendu dire à mon père, avait alors observé Rose-Marie, que le chef est une sorte de père pour le clan et que ses décisions sont sans appel.

– C'est vrai, avait répondu Ian. Sa loi est, selon les cas, tyrannique ou bienveillante. Mon père respectait cette tradition.

Le silence se fit et tous trois pensèrent à ce père qui avait puni d'exil son fils récalcitrant. Lisant dans les pensées des deux sœurs, Ian avait poursuivi :

– Pour ma part, je peux m'estimer heureux, car je connais un chef de clan qui a puni une voleuse en lui attachant les cheveux aux algues de la côte (elle fut noyée avec la marée). Je connais aussi un MacDonald de Sleat et un MacLeod de Dunvegan qui avaient l'habitude d'envoyer en Amérique ceux de leurs gens qui leur désobéissaient.

– Mais c'est barbare! s'était écriée Rose-Marie.

Ian avait répondu en souriant :

– L'amour et le sacrifice sont aussi partie intégrante de l'esprit de clan. Un Highlander, qui veut souhaiter bonne chance à un autre, lui dit : « Que votre chef soit puissant »; cela prouve suffisamment que le chef est tout et défend tout le monde.

Il leur raconta aussi que les Highlanders, après quelque temps d'installation dans le Sud, étaient devenus beaucoup plus policés, quoique conservant leurs traditions.

Le grand-père de Ian qui avait beaucoup voyagé

parlait le français et le latin aussi bien que le gaélique et l'anglais.

– C'est lui également, avait expliqué Ian, qui a apporté au château beaucoup plus de confort.

Il avait, en parlant de son foyer, une expression nostalgique.

– Mon père, avait-il coutume de dire, est un peu rétrograde. Son cœur est demeuré dans la terre d'origine des Rannocks, ceux-là mêmes qui ont combattu les Anglais avec fanatisme. J'ai toujours pensé que les sommets neigeux, les terribles hivers qui décimaient hommes et bêtes lui manquaient.

Rose-Marie frissonna.

– Mon chéri, avait-elle dit, lorsque je vous entends parler ainsi, je suis ravie, moi d'être une Sassenach, et nous, de vivre en Angleterre.

Son mari ne lui répondit pas; selon toute vraisemblance, la douceur du sud n'aurait jamais d'attrait pour lui. D'une certaine façon, il ressemblait à son père et des siècles passés dans les Lowlands n'effaceraient jamais la marque de son sang d'homme du nord.

L'invité du duc portait un habit du soir ordinaire. Fiona pensa que ce devrait être un homme du Sud, puis elle apprit au cours du dîner que ses terres jouxtaient celles du duc à l'ouest.

– Autrefois, nous nous sommes férocement battus contre les Rannocks, expliqua-t-il à Fiona. A présent, nous vivons en paix, bien qu'il m'arrive d'envier furieusement mon hôte en particulier pour son argenterie!

Fiona jeta un coup d'œil sur le dressoir et le service de table et comprit ce qu'il voulait dire, à la vue de tous ces gobelets et tasses qui devaient appartenir à la famille depuis des centaines d'années. Quelques-uns d'entre eux étaient ornés d'améthystes, de ces pierres que l'on trouvait dans la montagne; d'autres étaient incrustés de pierres précieuses sur lesquelles elle eut de la peine à mettre un nom.

La jeune fille, qui avait toujours mené une vie très simple, était tout émue d'être servie par des domestiques en kilt dans de la vaisselle d'argent armoriée.

On servit du saumon pêché dans la rivière voisine et elle se demanda si le duc était un pêcheur aussi chevronné que son frère.

Ian adorait la pêche, mais, en Angleterre, on ne trouvait pas de saumon et il lui fallait se contenter des petites truites que Betsy accommodait de manière délicieuse.

Il lui arrivait de parler des saumons qu'il pêchait chez lui et il le faisait avec une passion contagieuse. Comme tout cela devait lui manquer! Mais son amour pour Rose-Marie lui tenait lieu de tout et, malgré ces accès de nostalgie, il ne regrettait rien.

A mesure que les plats se succédaient, elle sentait grandir sa haine pour le duc. A la fin, elle trouva insoutenable de ne pas lui dire ce qu'elle pensait de lui. Comment avait-il pu prendre tout pour lui et ne pas même accorder une pensée à son frère qui se battait pour assurer à sa femme et à sa fille une vie à peine décente?

« Je me demande si Ian avait pour vivre ce que lui dépense pour nourrir ses chiens? » se dit-elle. Malgré elle, sa bouche se pinça.

– A quoi pensez-vous, mademoiselle? demanda le comte.

– Je suis agitée de pensées bien rebelles, je le crains, répondit-elle avec honnêteté.

Le duc ne pouvait l'entendre, car lady Morag faisait tout pour capter son attention et lui parlait sur un ton d'intimité qui excluait les autres convives.

– Des pensées rebelles? Prenez garde! Les Rannocks sont encore très primitifs et vous pourriez bien vous retrouver dans un donjon ou enfermée au haut d'une tour.

– Vous voulez me faire peur, je le vois bien, dit Fiona. Il est vrai qu'à mon arrivée j'ai eu l'impression de pénétrer dans un autre monde.

– C'est exactement ce que je ressens à chaque fois, moi aussi, répondit-il. Mon château qui, je dois l'admettre, est loin d'être aussi beau que celui-ci, ne fut construit qu'au début de ce siècle et mon père y a fait des transformations comme le prince Albert en a apporté à Balmoral.

Fiona rit.

– J'ai lu que Son Altesse avait commandé une salle de bal préfabriquée qu'il avait remarquée à l'Exposition Universelle.

– C'est vrai. Et le nouveau château est très impressionnant, mais, aux dires des invités de Sa Majesté, il sent la peinture.

– Il faudrait absolument que la reine habite un château comme celui-ci.

– Sachez que le duc ne laisserait en aucun cas son château, même si on lui ordonnait de le faire. D'ailleurs, il a déjà refusé plusieurs invitations à Balmoral.

– Pourquoi? demanda Fiona.

– Il estime que les Anglais devraient rester de l'autre côté de la frontière.

– Seigneur, cette fois-ci, vous m'effrayez!

Elle parlait légèrement, mais il était vrai que les propos de son voisin de table lui faisaient un peu peur.

« Je ne lui laisserai jamais Marie-Rose, quoi qu'il dise », se dit-elle fermement.

Le comte paraissait bien décidé à la distraire et il y parvint; elle aurait trouvé beaucoup plus difficile de badiner avec le duc.

Heureusement, lady Morag se faisait un devoir de l'accaparer et de ne lui laisser aucune chance de parler avec qui que ce fût, comme si elle avait mainmise sur son cousin.

Fiona se demandait quel pouvait être son lien de parenté avec Marie-Rose et découvrit avec surprise, quand les dames se furent retirées au salon, qu'il n'en existait aucun. Lady Morag expliqua d'un ton condescendant à Fiona qu'elle appartenait à une famille des Highlands, les MacDonald, et qu'elle avait épousé un cousin du duc, maintenant décédé.

Les messieurs étaient au fumoir pour boire leur porto.

– Je n'avais pas envie de retourner dans ma famille, expliqua lady Morag et le feu duc a eu la bonté de me donner une maison de gardien que j'ai fait arranger en une charmante résidence.

– Ainsi, vous vivez ici, dit Fiona.

– C'est ma maison, corrigea la jeune veuve. J'ai le sentiment que je suis davantage une Rannock qu'une MacDonald.

Sans doute les sentiments qu'elle portait au duc ne devaient pas être étrangers à ce sentiment! Mais lady Morag poursuivit :

– Vous pouvez donc comprendre à quel point j'ai envie de connaître la petite Marie-Rose. J'ai beaucoup entendu parler de la discorde entre le vieux duc et son second fils. J'ai connu lord Ian lorsqu'il était enfant, naturellement.

– C'était un homme charmant, bon et plein

d'égards, affirma Fiona. Ma sœur et lui ont été extrêmement heureux.

– Quel malheur de perdre sa sœur dans d'aussi tragiques circonstances, dit lady Morag. Combien de temps allez-vous demeurer ici?

– Marie-Rose est ma nièce, répondit la jeune fille. Je suis la seule famille qui lui reste. Vous n'ignorez pas, madame, que jusqu'ici les Rannocks ne se sont nullement préoccupés d'elle.

Lady Morag hésita, puis elle déclara :

– Je crois que le duc et presque tous les membres du clan souhaitent qu'elle ait une gouvernante écossaise, ce qui me paraît très raisonnable, puisqu'elle va devoir vivre ici.

– Lorsque Marie-Rose sera plus âgée, il lui faudra non pas un, mais plusieurs professeurs. Je sais que les gens du monde pensent que l'éducation d'une fille n'a pas d'importance, mais mon père, qui était très intelligent, a tenu à ce que ma sœur Rose-Marie et moi ayons l'éducation qu'il aurait donnée à son fils s'il en avait eu un.

– Voilà des idées, mademoiselle, qui me semblent très avancées! s'étonna lady Morag.

Fiona n'était pas sûre que cela soit vraiment un compliment.

Les messieurs les rejoignirent et le duc s'assit auprès de lady Morag qui lui dit immédiatement :

– Mlle Windham m'apprend, Aiden, qu'elle compte s'installer ici. Cela me surprend.

– C'est une chose dont je discuterai avec elle à l'occasion, répondit le duc.

Cela sonnait un peu comme une rebuffade et Fiona vit s'empourprer le visage de lady Morag qui serra les lèvres d'un air mécontent.

« Il faut que je prenne garde à ne pas me faire

d'ennemis, surtout pas de cette femme », pensa-t-elle.

Elle se sentit brusquement seule et très démunie. Cet immense château avait un aspect sévère et une atmosphère menaçante. Il lui semblait de plus en plus « appartenir à un autre monde », comme elle l'avait dit plus tôt.

Ce lui fut un soulagement de lire certain sentiment d'adoration dans le regard du comte qui s'était assis à côté d'elle pour continuer la conversation commencée avant le dîner.

– Je pense qu'un jour vous pourrez amener Marie-Rose chez moi, dit-il. Je suis sûr qu'elle admirera la volière de ma mère qui possède beaucoup d'oiseaux rares.

– J'en suis certaine, répondit Fiona avec enthousiasme.

– Le duc m'a raconté avant le dîner comment Rollo s'était comporté avec elle. J'en suis extrêmement surpris. J'avais toujours pensé qu'il était dangereux. Il a mordu hier un des garçons d'écurie qui semble avoir la main très abîmée.

– Si elle est enflammée, je pense que je puis faire quelque chose pour lui.

– Que voulez-vous dire?

– Je connais très bien les herbes, expliqua la jeune fille, et ma sœur m'a appris à m'en servir. Je n'ai eu moi-même qu'à me féliciter de leur emploi et j'en ai apporté au château.

– Voilà qui est très intéressant, observa le comte.

Il se tourna vers le duc qui bavardait avec lady Morag :

– Entendez-vous, Aiden? Mlle Windham connaît très bien les plantes et prétend pouvoir soulager ce pauvre garçon que votre féroce animal a mordu hier.

Le duc n'eut pas l'air particulièrement intéressé par cette proposition.

– J'ai fait quérir le médecin, répondit-il. Malheureusement il n'était pas chez lui; mais je suppose qu'il viendra demain.

Fiona poussa un cri :

– Mais vous ne pouvez pas laisser aussi longtemps une morsure sans traitement ! Elle risque de s'infecter.

– Je pense que quelqu'un soigne ce malheureux, répliqua le duc.

– Je vous assure que ce garçon risque de tomber sérieusement malade, insista Fiona.

Le duc la regarda d'un air impatienté. Puis il se leva, tira le cordon de sonnette qui pendait près de la cheminée, et attendit debout l'arrivée du domestique.

– Allez me chercher Mac Keith, ordonna-t-il.

Le domestique sortit et le duc se rassit.

– J'ai horreur du charlatanisme sous toutes ses formes, lança-t-il sans accorder un regard à Fiona.

– Je suis d'accord avec vous, répliqua froidement celle-ci. Mais il me semble que, depuis toujours, les plantes ont prouvé leur efficacité et que les paysans s'en servent avec bonheur, non seulement en Angleterre, mais dans le monde entier.

Lady Morag se mit à rire.

– Evidemment, les paysans ignorants s'imaginent que la langue de crapaud ou les poils de chat vont les guérir, mais nous savons bien que la foi soulève des montagnes !

Le duc éclata de rire.

– Ma chère, en l'occurrence, je pense que vous avez raison.

La porte s'ouvrit sur Mac Keith. Il portait un habit de soirée et Fiona se demanda s'il dînait seul.

– Votre Grâce m'a demandé?

– Oui, dit le duc. J'aimerais avoir des nouvelles du garçon que Rollo a mordu hier.

– J'ai le regret d'informer Votre Grâce que sa main est très enflée et qu'il a un peu de fièvre.

Il y eut un silence. Fiona regardait le duc.

– Mlle Windham prétend pouvoir le soigner à l'aide de plantes. Je suppose qu'en tout cas cela ne peut pas lui faire de mal.

Mac Keith sourit.

– Marie-Rose m'a informé, Votre Grâce, que les herbes de Mlle Windham se révélaient si efficaces qu'on la prenait souvent pour une sorcière.

Lady Morag poussa un cri perçant.

– Une sorcière! Voilà une chose dont nous n'aimons guère parler par ici!

– Je suis persuadé, dit galamment le comte, que la sorcellerie de Mlle Windham est inoffensive; sauf en ce qui concerne les cœurs, naturellement.

Fiona sourit au compliment et dit :

– Je vous promets, Votre Grâce, que si vous me laissez soigner ce garçon, non seulement je ne lui ferai aucun mal, mais certainement sa fièvre tombera et sa main cessera d'enfler.

– Très bien, répondit le duc d'une voix neutre. Mac Keith suivra vos instructions.

– Merci.

Fiona se leva vivement et suivit Mac Keith.

– Heureusement, dit-elle en se retournant avant de quitter la pièce, j'ai apporté beaucoup d'herbes.

– Si vous voulez avoir la bonté d'aller les chercher, dit Mac Keith, je vais vous conduire auprès de ce garçon et quérir quelqu'un pour le soigner.

– Mais non. Je le ferai moi-même.

Il eut l'air surpris.

– Mais c'est inutile!

– J'en jugerai lorsque je le verrai.

– Il dort au-dessus des écuries, dit Mac Keith en considérant d'un air perplexe la jolie robe de Fiona.

– Je vais jeter un châle sur mes épaules, si vous pensez que je puis le choquer.

Elle lui sourit. Pendant le voyage, ils avaient beaucoup discuté du puritanisme des Ecossais et Mac Keith lui avait expliqué à quel point les gens d'un certain âge étaient horrifiés à l'idée de femmes « à demi nues ».

– Je vous attends dans le hall, répondit-il, subjugué par la détermination de la jeune fille.

Fiona courut à sa chambre. Elle avait déjà soigné des morsures de chiens et d'animaux venimeux.

Rollo n'était évidemment pas enragé, mais si le garçon avait de la fièvre, c'est que la morsure s'était déjà infectée.

Elle ouvrit son sac et y prit un paquet « d'herbes d'Hercule » et un sachet de bourrache qu'elle voulait faire boire en infusion au malade. En quittant le manoir, elle n'avait pas oublié sa trousse, remplie d'élixirs et d'herbes de toutes sortes.

Elle décida d'appliquer sur la blessure de l'« Alkenet », une herbe fort répandue dans le Kent. Elle en fabriquait une pommade qu'elle emportait partout avec elle, au cas où Marie-Rose ou elle-même se blesserait.

Elle courut jusque dans le hall, les trois précieux sachets dans la main. Mac Keith l'attendait, en compagnie de Donald, le majordome.

– C'est le petit-fils de Donald qui est blessé, mademoiselle, expliqua Mac Keith.

– C'est très aimable à vous, mademoiselle, dit Donald, de vous soucier du p'tit gars. Il s'occupe très bien des chevaux et des chiens de chasse, mais Rollo est capricieux. Mon avis, c'est qu'on aurait dû l'abattre depuis longtemps.

– Je partage cet avis, Donald, mais Sa Grâce aime beaucoup ce chien.

Fiona n'osait rien dire. La pensée de ce qui aurait pu arriver à Marie-Rose la laissait sans voix. Et à la vue de la main du pauvre garçon, elle tomba d'accord avec les deux hommes : il fallait abattre Rollo.

Le garçon, qui s'appelait Malcolm, n'était pas encore adulte. Il était très fort pour son âge et se montra très courageux, car sa main devait le faire cruellement souffrir. L'inflammation était en train de gagner le bras.

Sa mère, son père qui était valet de pied, et ses quatre frères et sœurs étaient à son chevet. Fiona trouva qu'ils vivaient bien à l'étroit.

Le petit logement était d'une propreté irréprochable et la mère du jeune homme comprit très vite ce qu'il fallait faire. Fiona lui expliqua comment mélanger les plantes et les appliquer et lui recommanda de le faire plusieurs fois par jour.

La potion sentait mauvais et n'avait pas très bon goût, mais, impressionné par la présence de Fiona et de Mac Keith, Malcolm l'avala bravement et promit d'en prendre toutes les quatre heures.

Fiona appliqua ensuite la pommade sur sa plaie et le pansa si habilement que Mac Keith déclara avec admiration :

– Je vois bien, mademoiselle, que vous avez l'habitude de soigner!

– Tout le monde connaissait ma sœur dans le voisinage du manoir car elle s'occupait de tous et il arrivait fréquemment qu'il y eût douze personnes qui l'attendaient le soir.

Elle sourit et ajouta :

– Des hommes qui s'étaient coupés avec une serpe ou une scie, des petits garçons qui étaient tombés d'un arbre, des femmes dont les bébés pleuraient de manière inexplicable et à qui le médecin ordonnait des pilules de mie de pain et conseillait de ne pas se tourmenter.

Comme Mac Keith riait de bon cœur, elle ajouta :

– Ce qui voulait dire, bien entendu, qu'ils n'avaient pas la moindre idée de ce qu'ils avaient.

Elle termina le pansement en disant :

– Vous vous sentirez bientôt mieux et je pense que, demain matin, vous n'aurez plus de fièvre.

– C'est vraiment très gentil à vous d'être venue, mademoiselle.

Ils reprirent le chemin du château. Il faisait à présent tout à fait nuit et les étoiles brillaient au-dessus d'eux. Fiona leva la tête et dit, en voyant les statues et les tours se profiler sur le ciel :

– C'est magnifique, mais terrifiant.

– Dans quelque temps, au contraire, vous trouverez que le château donne une impression de sécurité. Vous vous y sentirez à l'abri du monde et de ses dangers.

– Je l'espère. C'est une perspective très plaisante.

Mais resterait-elle assez longtemps pour éprouver cette sensation ? Quand le duc aurait-il avec elle cette conversation à laquelle il avait fait allusion après le dîner.

Elle n'eut pas longtemps à attendre.

Dans le hall, ils rencontrèrent lady Morag et le comte à mi-chemin de l'escalier.

– Nous nous demandions ce qui vous était arrivé, dit ce dernier à Fiona.

– Les soins à donner étaient assez longs et délicats, répondit-elle.

– J'espère qu'il vous en sera reconnaissant.

– J'en suis sûre, affirma-t-elle avec confiance.

– S'il guérit, j'en serai épouvantée, s'écria lady Morag. Très franchement, les sorcières me font terriblement peur.

Fiona jugea indigne d'elle de lui dire qu'elle racontait des bêtises. Mac Keith et elle s'écartèrent pour laisser passer lady Morag et le comte.

– Je raccompagne lady Morag chez elle, dit-il, comme s'il lui fallait donner une explication à Fiona. Je vous verrai demain et j'espère faire la connaissance de Marie-Rose.

Fiona lui sourit.

Puis, comme à regret, il suivit lady Morag. A ce moment, Fiona eut la nette impression que le comte trouvait lady Morag très fatigante. Mais il eût été très impoli de faire une réflexion sur une parente du duc; aussi s'en abstint-elle et bientôt ils arrivèrent au salon.

– Peut-être Sa Grâce s'est-elle déjà retirée dans ses appartements, dit-elle pleine d'espoir.

– Cela me semble peu probable, dit Mac Keith. Il nous faut aller rendre compte.

– Oui, admit Fiona avec un soupir.

Elle se sentait très fatiguée. La journée avait été longue et elle n'avait pas assez dormi la nuit précédente. Responsables sans doute l'appréhension que lui inspirait le duc et l'angoisse pour son avenir et celui de Marie-Rose!

C'était une chose que de décider de combattre et

une autre que de se trouver sur les lieux de la bataille.

Elle entra dans le salon : le duc lisait un journal, debout devant la cheminée. Lorsqu'ils furent tout près de lui, il demanda d'une voix sèche :

– Alors ?

– Le garçon allait beaucoup plus mal que lors de ma dernière visite, Votre Grâce, fit Mac Keith. Son poignet et son bras sont très enflés.

Le duc abaissa son regard sur Fiona.

– Avez-vous pu faire quelque chose ?

Il posait visiblement la question en s'attendant à une réponse négative.

– Je lui ai donné une tisane et posé un cataplasme, Votre Grâce, pour faire tomber la fièvre et enrayer l'infection. J'ai également fait un pansement et je dois dire que je n'ai jamais connu d'échec en de telles circonstances.

– Vous semblez avoir l'expérience de ce genre de choses.

– Ces trois dernières années, j'ai souvent aidé ma sœur et nous avons rarement échoué, répondit-elle simplement.

– C'est surprenant ! (Il regarda Mac Keith.) Je crois que ce sera tout pour ce soir.

– Merci, Votre Grâce, et bonne nuit !

– Bonne nuit !

Fiona comprit que le moment redouté était arrivé. Elle se dit qu'il lui fallait faire appel à tout son sang-froid, à toute son intelligence, et surtout éviter de se faire renvoyer par le duc. « Je ne dois penser qu'aux intérêts de Marie-Rose, cela seul importe ! » se dit-elle.

Lorsque la porte se fut refermée sur Mac Keith, elle leva le menton et attendit.

– Peut-être, pourriez-vous vous asseoir, mademoiselle, dit le duc.

– J'aimerais que Votre Grâce le fasse également. (Il eut l'air surpris.) C'est que vous êtes grand, expliqua Fiona. Je me sentirais par trop dominée.

– Est-ce donc l'attitude que vous attendez de moi ?

– J'en ai peur, en effet. Mais sachez que je n'ai pas l'intention de capituler.

Il eut une ombre de sourire.

– Avez-vous l'intention de me livrer bataille ?

– Mais naturellement !

– Mais pourquoi serions-nous à couteaux tirés ?

– J'estime, pour ma part, que Marie-Rose est une excellente raison.

– Mac Keith vous a sans doute expliqué la situation. Marie-Rose est mon héritière présomptive, et je trouve naturel qu'elle soit élevée au milieu des siens.

– Même si les siens ont exilé son père ?

– C'est du passé.

– Mon beau-frère a vécu jusqu'à l'année dernière. Il a fait de son foyer une maison très heureuse. J'ai l'intention de m'occuper de ma nièce et de lui offrir une vie aussi riche et heureuse que possible, compte tenu du fait qu'elle a perdu ses parents.

– C'est très généreux de votre part, dit le duc, mais vous êtes jeune et il est probable que vous vous marierez un jour.

– Je ne crois pas. Mais si je rencontre un homme capable de me rendre aussi heureuse que ma sœur le fut avec votre frère, je pense qu'il ne verra aucun inconvénient à ce que ma nièce vive avec nous.

– Sa place est ici ! C'est une Rannock et elle doit être éduquée en fonction de ses responsabilités futures.

– Je suis persuadée que si elle savait ce que ses « responsabilités » ont valu à son père, elle n'aurait pas été aussi désireuse de vous rencontrer ni de venir dans ce château.

Il y eut un long silence, puis le duc reprit :

– Dois-je comprendre que Marie-Rose ignore le bannissement de son père ?

– Evidemment, elle l'ignore ! répliqua Fiona. Ian a été parfaitement loyal envers vous et envers son père. Il n'a jamais révélé la moindre chose déplaisante vous concernant. Il ne s'est jamais plaint de ce que vous lui avez fait subir pour avoir épousé la femme qu'il aimait.

Elle reprit son souffle et ne put s'empêcher de poursuivre :

– Quand je vois quelle vie vous menez, alors que Ian devait compter chaque sou, il me semble peu probable que Marie-Rose puisse être heureuse avec des gens aussi dénués de cœur que vous et vos pareils !

– Je pense que vous m'en voulez vraiment ! s'exclama le duc.

– Pensez ce que vous voudrez ! répondit Fiona.

La colère s'était emparée d'elle et elle regardait le duc avec des yeux flamboyants.

Après un long silence, il déclara :

– Les sentiments que vous me portez me paraissent très clairs, mademoiselle, aussi je ne pense pas que vous soyez particulièrement indiquée pour enseigner à Marie-Rose la tolérance et la compréhension dont elle aura besoin.

Il attendit une réponse qui ne vint pas et ajouta :

– Je suppose que votre beau-frère vous a expliqué que les Rannocks étaient très différents des autres Ecossais de cette région. Nous sommes des

Highlanders et, pour cette raison, nous vivons très repliés sur nous-mêmes, comme si nous étions dans un pays étranger. Nos sentiments, nos croyances, nos traditions viennent du nord. Les gens de notre clan considèrent leur chef d'une manière que les autres Ecossais ne pratiquent plus depuis longtemps.

– En effet, il m'a expliqué tout cela, dit Fiona. Je suis persuadée que Marie-Rose qui est une enfant absolument exceptionnelle, tant par son intelligence que par sa sensibilité sera une femme hors du commun.

– C'est ce que j'espère, dit le duc. Mais vous comprendrez aisément que je veuille qu'elle soit élevée par des gens qui connaissent nos habitudes et... nos limites.

– Je comprends parfaitement ce que vous êtes en train d'essayer de me faire comprendre, Votre Grâce, dit Fiona. Vous me demandez de partir en vous abandonnant Marie-Rose.

– Pas dans l'immédiat, fit-il, conciliant. Mais dès qu'elle se sera habituée au château et à ses habitants, qu'elle aura rencontré sa famille et se sera familiarisée avec les membres du clan qui habitent près d'ici ou qui seront venus du nord pour la voir.

– Qu'une chose soit bien claire, dit Fiona. Je n'ai pas l'intention de laisser Marie-Rose seule avec vous.

Elle avait parlé d'un ton résolu et le duc se raidit, n'en croyant pas ses oreilles. Il se leva de sa chaise et s'appuya contre la cheminée, comme s'il avait eu besoin d'un soutien.

– Je n'ai pas envie, pour l'instant, de croiser le fer avec vous, mademoiselle, dit-il. Mais ce que vous suggérez est impossible.

– Et pourquoi donc?

– La réponse tient en un mot : Vous êtes anglaise!

– Pourquoi ne dites-vous pas une Sassenach? Une injure, parmi d'autres, dont votre père a gratifié ma sœur.

Le duc leva les sourcils.

– Au cas où vous n'auriez pas lu la lettre qu'il a écrite à son fils lorsque celui-ci lui a appris qu'il était tombé amoureux et désirait se marier, dit Fiona d'une voix glaciale, Sa Grâce a interdit à Ian d'épouser « une femme qui était une Sassenach, une actrice, et sans aucun doute, une prostituée »!

Le duc sursauta :

– Je ne pensais pas que mon père fût allé si loin! En tout cas, la désertion de mon frère, puisque c'était ainsi qu'il ressentait son attitude, l'a profondément affecté.

– Ian était un être merveilleux, dit Fiona. Il avait prévu la réaction de son père, mais il estimait que ma sœur valait tous les sacrifices.

Elle reprit haleine et poursuivit :

– Il avait simplement espéré que vous seriez moins fanatique que votre père et que l'enfance partagée, l'affection que vous aviez eue l'un pour l'autre et qu'il n'a cessé de vous porter vous feraient passer par-dessus vos préjugés et votre intolérance.

Elle avait parlé avec passion. Elle se rendit compte qu'elle avait serré les poings et qu'elle tremblait.

Avant que le duc puisse répondre, elle poursuivit :

– Je ne souhaite pas me disputer avec vous, car je veux rester avec Marie-Rose; mais il m'est difficile de conserver mon calme, lorsque je me rappelle à quel point vous avez fait souffrir votre frère.

Il y eut un nouveau silence et le duc regardait devant lui sans rien voir.

« J'en ai trop dit, pensa Fiona. Maintenant, il va exiger mon départ. »

Le tic-tac de l'horloge au-dessus de la cheminée se confondait avec les battements désordonnés de son cœur. Le duc ne disait toujours rien. Longtemps après, quand il reprit la parole, ce fut lentement et en choisissant ses mots.

– Je pense, mademoiselle, qu'il vaut mieux, pour le moment, arrêter cette discussion. Il nous serait facile à l'un comme à l'autre de dire des choses que nous regretterions par la suite. Nous ne devons avoir à l'esprit que l'intérêt de Marie-Rose.

– C'est exactement ce que je pense.

– Dois-je vous promettre que je ne m'occuperai que des intérêts de Marie-Rose? demanda-t-il. A mon avis, les récriminations ne nous conduiront nulle part.

Il avait raison. Il lui restait pourtant beaucoup d'autres choses à dire. Mais force lui était de reconnaître qu'il se montrait plus raisonnable qu'elle et qu'elle s'était laissée emporter par ses sentiments.

Elle se leva.

– Excusez-moi, Votre Grâce! dit-elle à voix basse. Je me suis montrée très impolie. Je vous prie de me pardonner, mais j'aimais profondément votre frère. Sa mort et celle de ma sœur m'ont fait énormément de peine. Ils me manquent tous deux.

Elle sentit sa voix se briser et, de peur que le duc ne vît les larmes dans ses yeux, elle fit une révérence, abaissant ses cils sur ses joues.

– Bonne nuit..., Votre Grâce.

– Bonne nuit, mademoiselle.

Elle marcha vers la porte et la distance lui parut interminable. Il lui semblait que le regard du duc lui transperçait le dos.

4

Tandis que Marie-Rose faisait la sieste après le déjeuner, Fiona sortit se promener. Elle traversa la cour d'honneur et se dirigea vers les pelouses qu'enserraient les murailles. Il faisait beau, le soleil brillait et un léger vent lui ébouriffait les cheveux.

Depuis son arrivée, elle avait le sentiment d'être prisonnière dans le château et la rudesse du vent était pour elle synonyme de liberté.

Marie-Rose et elle s'étaient promenées pour la première fois à l'extérieur des remparts, le matin même. Fiona aimait beaucoup la campagne écossaise, succession de labours et de sapinières. Par beau temps, les collines se dressaient fièrement contre le ciel. Elle s'imaginait voir des cascades argentées comme celles que son beau-frère lui avait si souvent décrites comme faisant partie du paysage écossais.

Elles avaient toutes deux longé un moment un petit ruisseau, s'efforçant de voir s'il y avait des poissons car l'eau était fort claire et la rivière à saumons n'était qu'à deux kilomètres de là.

– Nous irons dès que tes jambes te le permettront, dit-elle à Marie-Rose.

– Je voudrais attraper un poisson, comme papa lorsqu'il avait mon âge!

– Nous en parlerons à ton oncle, dit Fiona. Je pense qu'il ne verra aucun inconvénient à te donner une petite canne à pêche.

Elle savait combien l'enfant en avait envie et elle se promit d'en parler au duc le soir même pendant le dîner. C'était d'ailleurs le seul moment où elle le voyait. Il n'était jamais là pendant la journée et se promenait souvent à cheval avec le comte.

En les suivant des yeux, le matin même, Fiona se fit la réflexion que le duc était un magnifique cavalier. Il portait, au lieu de son kilt, les culottes écossaises que ses ancêtres avaient affectionnées pendant des siècles.

Le cheval qu'il montait était incontestablement fougueux, mais il le maîtrisait avec aisance. Fiona se rappela les vulgaires rosses que montait son frère Ian et, une fois de plus, se répéta qu'elle le haïssait pour son indifférence et son égoïsme. Comment avait-il pu agir ainsi envers quelqu'un qui l'aimait depuis l'enfance? Le fils aîné qui jouissait de tous les biens, n'était-ce pas parfaitement injuste!

Une voix derrière elle la fit sursauter.

– J'étais presque sûr que vous sortiriez pour profiter du soleil, mademoiselle.

Elle se retourna, surprise de voir le comte qu'elle n'avait pas entendu venir.

– Je vous croyais parti à cheval avec Sa Grâce, dit-elle.

– En effet, nous avons commencé une promenade, mais mon cheval boitait et Aiden a continué sans moi.

– Où alliez-vous? demanda-t-elle.

– Voir comment fonctionnait l'une des filatures que le duc a fait installer sur ses terres, répondit le comte.

– Une filature?

– Je pensais que vous saviez que le duc s'est donné la peine de créer des emplois, expliqua-t-il. Il a créé nombre de petites industries dans divers hameaux, si bien que le clan est devenu une véritable petite autarcie.

– Je l'ignorais, en effet, mais c'est une excellente idée.

– Oui, excellente et j'ai bien l'intention d'en faire autant sur mes propres terres.

Ils marchèrent un moment en silence, puis Fiona dit timidement :

– Je suis contente d'apprendre que le duc s'intéresse à autre chose qu'à son château. Je commençais à trouver qu'il vivait bien solitaire, ce qui ne saurait convenir à Marie-Rose.

Elle s'interrompit avant de poursuivre :

– Je ne tiens pas à critiquer qui que ce soit, mais depuis une semaine que je suis ici, à part lady Morag et vous-même, je n'ai vu aucun visiteur. J'avais toujours pensé que les châteaux étaient de véritables ruches où l'on recevait beaucoup.

Il y eut un nouveau silence. Elle regardait le comte d'un air interrogateur et celui-ci déclara lentement :

– Je pensais que Mac Keith vous avait expliqué la situation.

– Quelle situation ?

Le comte la regarda avec surprise et lui demanda :

– Vous n'en avez réellement aucune idée ?

– Franchement, je ne vois pas de quoi vous parlez.

– Autant tout vous dire. Cependant, c'est un peu embarrassant.

– Mais me dire quoi ? demanda Fiona au comble de la curiosité.

– Pourquoi mon ami Aiden vit si isolé et pourquoi il ne vient personne ici.

– Oui. Je croyais qu'il y avait tout de même quelques voisins.

– Il y en a, dit le comte. Cette région comporte beaucoup de châteaux habités par d'excellentes familles des Lowlands, les Bruce, les Hamilton, les Ogilvy qui, tous, me reçoivent.

Il eut un petit sourire sans joie et poursuivit :

– En fait je reçois plus d'invitations que je puis en honorer.

Cela ne surprit pas Fiona qui trouvait le comte à la fois plein de charme et amusant.

– Mais alors... pourquoi?

– Pour Aiden, c'est différent.

– Parce qu'il est désinvolte et autoritaire?

Le comte secoua la tête.

– Non. Ce n'est pas pour cela. C'était le plus charmant et le plus délicieux jeune homme que vous puissiez imaginer. Son frère lui ressemblait beaucoup. Je le connaissais moins bien puisqu'il était plus jeune que nous.

– Pourquoi donc a-t-il changé? demanda Fiona.

– A cause de son mariage. Ian a dû vous raconter à quel point il a été malheureux. Janet MacDonald était le démon fait femme.

– MacDonald? C'était une parente de lady Morag?

– Sa jeune sœur. Ignoriez-vous aussi cela?

– Le duc me l'a présentée comme sa cousine. Pourquoi ne m'a-t-il pas dit qu'elle était sa belle-sœur?

– Parce qu'il ne fait jamais allusion à sa femme s'il peut l'éviter et qu'en fait lady Morag était mariée à son cousin.

– Je vous en prie, expliquez-moi tout! supplia Fiona. Ainsi, je ne commettrai pas d'impair.

– Je commence à regretter de m'être mêlé à tout ceci, dit le comte d'un air penaud.

– Dites-moi tout, pour l'amour du ciel, le pria Fiona. Vous en avez déjà trop dit pour ne pas continuer.

– C'est vrai. De plus, j'estime que vous avez le droit d'être au courant.

Il reprit haleine comme pour se donner du courage et commença :

– Aiden épousa Janet MacDonald. Un mariage arrangé par le vieux duc et le chef du clan MacDonald. Mais si deux caractères furent jamais incompatibles, c'étaient bien ceux de ces deux fiancés.

– J'ai toujours trouvé barbares les mariages arrangés.

– Je suis bien de votre avis, mais le mariage d'Aiden avait un rapport quelconque avec une terre dans le Nord et, pour le vieux duc, c'était une raison suffisante.

– Ils furent donc très malheureux.

– Aiden fut horriblement malheureux. Je crois bien que Janet n'était pas tout à fait normale et elle a fait de leur vie un véritable enfer jusqu'au moment où elle a disparu.

– Comment cela?

– C'est ce que personne n'a découvert jusqu'ici.

– Monsieur Mac Keith m'a dit qu'on avait cherché dans tous les endroits possibles et imaginables, sans trouver le moindre indice.

– C'est exact, mais ce qu'il a omis de vous dire, c'est que l'on a tenu le duc pour responsable de cette disparition.

Fiona s'arrêta net et ouvrit de grands yeux.

– A-t-on soupçonné le duc de... d'avoir assassiné sa femme?

– Personne n'a eu le courage de dire aussi crûment les choses, du moins pas à lui. Mais la suspicion a grandi au fil des ans et je ne pense pas me tromper en affirmant que la plupart des gens de cette région sont persuadés qu'Aiden a tué Janet dans une crise de colère et a fait disparaître son corps.

Il se tut. Fiona reprit :

– Je déteste le duc pour la façon dont il s'est comporté envers son frère, mais j'ai du mal à croire qu'il soit un meurtrier.

– Je suis content de vous l'entendre dire. Cela est parfaitement contraire au tempérament d'Aiden de tuer de sang-froid. Surtout une femme.

– C'est ce que vous croyez, remarqua paisiblement Fiona. Dois-je comprendre que c'est pour cette raison que vous êtes ici?

– Aiden est mon plus vieil ami, répondit le comte. Je connais sa vie solitaire et je sais, bien que nous n'en n'ayons jamais parlé, qu'il n'ignore pas ce que l'on dit de lui. C'est pourquoi je viens le voir dès que j'en ai le loisir.

– C'est très gentil à vous.

– Pas vraiment. C'est un homme que j'aime, que j'admire, et je me plais beaucoup en sa compagnie.

Il parlait presque de manière agressive, comme pour la dissuader de penser autrement.

Fiona prit une profonde inspiration.

– Je ne peux pas croire une chose pareille! Quelqu'un sait certainement ce qu'il est advenu de la duchesse!

Le comte écarta les mains en signe d'impuissance.

– Elle a disparu du jour au lendemain. Personne ne l'a vue sortir, on n'a retrouvé aucune trace de son passage, ni ici, ni dans la campagne environnante. Tout ceci est un mystère.

– Un terrible mystère, particulièrement si le duc est innocent!

– Mais il l'est! Je parierais ma tête sur son innocence, mais Dieu sait comment la prouver.

– Je comprends à présent, dit Fiona, se parlant à elle-même, pourquoi il a l'air si distrait, pourquoi il semble en dehors de la vie et porte sur tout un regard cynique.

Le comte s'exclama :

– Comme c'est intelligent à vous! Bien sûr qu'Aiden se tient à l'écart de la vie et il est distant car il sait bien ce que les gens pensent. Il ne peut du reste jamais en discuter, puisque personne ne l'attaque ouvertement.

Il soupira et poursuivit :

– Je crois qu'au début il a espéré retrouver la duchesse, mais maintenant il y a renoncé et s'est résigné à vivre solitaire dans cette atmosphère de méfiance qui empeste jusqu'à sa propre demeure.

Fiona garda le silence. Les révélations du comte faisaient apparaître le duc sous un jour très différent.

– Et ses parents? demanda-t-elle.

– La plupart des Rannocks vivent dans le Nord. Ils ont des excuses très plausibles pour ne pas répondre à ses invitations. (Il ajouta d'un ton cynique :) Ce sont tous des saint Thomas, à l'exception de lady Morag.

Fiona eut l'impression, une fois de plus, qu'il n'aimait pas lady Morag. Elle demanda, d'une voix un peu hésitante, car elle ne voulait pas montrer sa curiosité :

– Pourquoi lady Morag... reste-t-elle... ici? Elle aussi doit se sentir bien solitaire.

– Pas avec le duc. Vous avez tout de même remarqué l'intérêt qu'elle lui porte?

« C'était très clair », pensa Fiona. Lady Morag poursuivait le duc de ses assiduités et, lorsqu'elle venait dîner, elle l'accaparait sans façons.

Fiona avait surpris le regard affamé de la jeune femme lorsqu'il se posait sur le duc. Et cette façon qu'avait lady Morag de s'adresser à elle, non de manière impolie, mais condescendante, était sûrement de la jalousie.

Elle remarqua tout haut :

– Au moins, elle lui est restée fidèle.

– Pour arriver à ses fins, dit sèchement le comte.

N'était-il pas injuste? Mais après tout, elle n'avait aucune raison de défendre lady Morag.

Après la guérison du garçon d'écurie, lady Morag avait fait des gorges chaudes sur son compte, déclarant à tout propos que Fiona était, sans aucun doute, une sorcière. En effet, le bras du garçon avait désenflé dès le lendemain et, au bout de trois jours, il put reprendre son travail.

– Le clan n'aimera pas du tout cela, avait-elle affirmé d'un ton péremptoire, de manière à être entendue de Fiona. Vous savez comme moi que les Ecossais ont absolument horreur des sorcières.

– Vous n'allez tout de même pas prétendre que mademoiselle Windham est une sorcière! s'était exclamé le duc.

– On peut être une sorcière sans en avoir l'aspect, avait rétorqué lady Morag, et il me semble que les herbes sont leurs moyens favoris.

– Tous les gens un peu intelligents et cultivés, répliqua Fiona qui sentait le besoin de se défendre, savent bien que la nature a prévu un remède pour chaque mal et que l'on peut soigner avec des orties ou des patiences, par exemple. Les gens de la campagne, en Angleterre, connaissent parfaitement le pouvoir des plantes.

Lady Morag frissonna d'un air théâtral.

– Tout ceci m'effraie et, personnellement, je préfère m'en remettre aux hommes de science.

Ceci aurait dû mettre fin à la discussion, mais Fiona soupçonnait lady Morag de parler de sorcellerie, non seulement au duc, mais encore aux domestiques et à qui voulait l'entendre.

Elle se rappela avoir entendu parler de la chasse aux sorcières aux XVIIe et XVIIIe siècles, qui s'était terminée par la mort de plusieurs centaines de malheureuses sur le bûcher. En Angleterre, le nombre des victimes avait été moitié moindre, et Fiona en conclut que les Ecossais étaient particulièrement fanatiques.

D'un côté, elle se disait qu'il lui fallait se contrôler et ne pas attaquer de front lady Morag, ce qui pouvait avoir de fâcheuses conséquences et compromettre la tranquillité de Marie-Rose. Mais de l'autre, elle songeait qu'il ne fallait surtout pas encourager les ragots.

Elle pensa au duc, si fier et si autoritaire, et combien ces ragots devaient être une torture pour lui!

« Si, dans son cœur, il se sait innocent, il doit être désespéré d'être mis au ban de la société » pensait-elle. Peut-être était-ce pour cette raison qu'il n'avait pas renoué avec son frère après la mort de leur père!

Mais il devait savoir que, coupable ou non, Ian l'aurait épaulé et soutenu de toutes ses forces.

« Pourquoi ne lui en a-t-il pas donné l'occasion? »

se demanda-t-elle. Elle ne put trouver de réponse satisfaisante.

– Maintenant, parlons un peu de vous, dit le comte.

– De moi? s'étonna Fiona. Mais pourquoi donc?

– Parce que je n'imagine pas de sujet plus fascinant!

Le regard du comte était très éloquent, plus éloquent encore que ses paroles.

– Il faut... que je m'en retourne, dit Fiona. Je dois réveiller Marie-Rose, c'est l'heure de sa leçon de musique.

– Je suis sûr qu'elle dort paisiblement et qu'elle n'a pas besoin de vous. Moi, si.

– Je crois, monsieur, que vous oubliez que je remplis ici les fonctions de gouvernante.

– En toute sincérité vous ne ressemblez en rien à une gouvernante, répliqua-t-il. Je vous trouve si belle que je me demande si vous n'êtes pas ce que lady Morag vous accuse d'être!

– Je vous en prie, ne répétez pas de pareilles absurdités, dit sèchement Fiona.

– Comment le pourrais-je, puisque vous m'ensorcelez? répondit-il le plus sérieusement du monde.

– Je crois bien, monsieur, que vous êtes en train de me conter fleurette et il ne le faut pas. Le duc est à l'affût du moindre prétexte pour me renvoyer et je ne peux en aucun cas me séparer de Marie-Rose.

– En vérité, je n'essaie pas du tout de vous conter fleurette, dit le comte.

Le ton de sa voix et son expression effarouchèrent la jeune fille.

– S'il vous plaît, n'ajoutez rien. Je me trouve ici dans une position très difficile et si je ne veux pas laisser Marie-Rose aux mains de ces Ecossais, il faut que je fasse très attention.

– Je comprends ce que vous voulez dire, répondit le comte, évidemment! Mais j'ai de la peine de vous savoir seule et j'ai tant de choses à vous dire!

– N'en faites rien, répliqua vivement Fiona. Je vous en supplie, soyez prudent. Il est dangereux pour vous aussi de me considérer comme une femme, tout simplement.

– Mais j'ai des yeux pour voir et un cœur dans la poitrine! Bonté divine! Je ne m'attendais pas à trouver quelqu'un d'aussi fascinant dans ce vieux château!

Il dit cela d'une telle façon que Fiona éclata de rire.

Lorsqu'ils arrivèrent dans la cour d'honneur, ils aperçurent la silhouette familière du duc. Il descendait les marches et avait changé ses culottes de cheval pour un kilt.

Il était très beau mais marchait vers eux d'un air si imposant que Fiona se sentit coupable. Il lui semblait qu'elle avait commis une indiscrétion.

– Vous êtes rentré bien tôt, Aiden! s'écria le comte.

– Oui. J'ai trouvé que ce n'était pas très drôle d'aller tout seul aussi loin, alors je vous ai suivi.

– J'étais en train de dire à Mlle Windham que mon cheval boitait.

Fiona surprit le regard inquisiteur du duc sur le comte et sur elle.

– Il faut que j'aille réveiller Marie-Rose, Votre Grâce, elle fait la sieste, dit-elle vivement.

Puis elle passa devant eux et monta l'escalier. Elle courut jusqu'à la porte comme si elle avait le diable à ses trousses. Elle se sentait si mal à l'aise, par ce qu'elle avait lu dans les pensées du duc.

« Je n'ai pourtant rien fait de mal, se répétait-elle; du reste, ma vie privée m'appartient. » Mais elle avait peur, car elle adorait Marie-Rose. La petite fille dormait encore quand Fiona pénétra dans sa chambre, aussi s'installa-t-elle dans le petit salon, de l'autre côté du palier.

C'était une vaste pièce, très agréable, dans laquelle Mac Keith avait fait installer un piano pour le plus grand plaisir de l'enfant. Elle jouait déjà fort bien pour son âge ce qui n'était pas surprenant, car sa mère avait été une grande musicienne.

Fiona aimait beaucoup la musique, mais ne possédait pas le grand talent de sa sœur. La musique lui apportait l'apaisement, la tranquillisait lorsqu'elle se sentait angoissée. Elle s'assit au piano et commença à jouer doucement, s'efforçant de combattre une émotion qui, elle le savait, n'était autre que de la crainte.

« C'est vraiment absurde et je ne vois pas pourquoi j'aurais peur », se gourmandait-elle. Elle n'avait jamais ressenti pareille impression. Mais il fallait reconnaître que le duc était terrifiant et elle redoutait de devoir quitter précipitamment le château.

Avant de savoir ce que le comte venait de lui révéler, elle était bien décidée à ne pas abandonner Marie-Rose; à plus forte raison maintenant qu'elle connaissait la situation.

Quelle vie allait mener cette enfant, sans compagnons de jeu de son âge?

Fiona se rappelait avoir entendu Ian lui raconter les bonnes parties qu'il faisait avec les autres garçons du voisinage. Des jeux venus de Highlands, des gymkhanas, des parties de chasse sur la lande, le cricket... Son frère Aiden, par exemple, était un excellent joueur.

– Nous battions toutes les équipes! disait-il avec orgueil.

Comment Marie-Rose pourrait-elle grandir harmonieusement dans la seule compagnie de lady Morag et accessoirement du comte? La situation était grave, mais Fiona avait conscience de ne pouvoir rien y faire.

Ce soir-là elle aborda la question de la pêche.

– Donald lui a raconté, dit-elle, comment il avait aidé son père à attraper son premier poisson. Peut-être pourrait-il lui donner des leçons avec une petite canne à pêche, pour les truites, par exemple?

– Je pense, répondit le duc, que la ligne dont nous nous servions, Ian et moi, est encore ici.

– Donc Donald peut l'emmener à la rivière?

Lady Morag qui avait été invitée pour le dîner s'interposa.

– Personnellement, Aiden, je trouve que Marie-Rose est trop jeune pour ce sport réservé par ailleurs aux garçons. Je suis sûre que Mlle Windham pourrait lui trouver une activité plus féminine.

Fiona pinça les lèvres. Elle avait le sentiment que lady Morag s'opposait à cette idée, uniquement parce que c'était elle qui l'avait suggérée.

– Je ne vois pas pourquoi Marie-Rose ne pourrait pas pêcher, dit le duc au bout d'un moment. Du reste, elle se lassera très vite si elle ne prend rien.

– Elle aura bien de la chance s'il en est autrement! s'écria le comte. J'ai pêché trois heures durant hier après-midi et n'ai fait qu'une seule prise.

– C'est que vous n'avez pas eu de chance, répliqua le duc.

– J'aimerais bien le croire. Mais il se trouve que dans le même temps vous avez pris trois saumons. La vérité est que vous êtes plus adroit.

– Je connais très bien la rivière, lui répondit son ami en souriant.

Pour une fois, il avait l'air humain. Puis le sourire disparut et il ajouta :

– Vous pouvez dire à Mac Keith, mademoiselle, de demander à Donald d'apprendre à pêcher à Marie-Rose.

– Puis-je y aller aussi, Votre Grâce? Votre frère m'a appris à pêcher la truite et j'adore cela.

– Oh, vraiment, mademoiselle, s'écria lady Morag avant que le duc puisse répondre, vous en avez de ces caprices! Quelle femme versatile vous êtes! D'abord, vous vous adonnez à la sorcellerie, puis vous pêchez et j'ai entendu dire que vous jouiez très bien du piano, comme votre sœur. Naturellement, elle en avait fait, je crois, sa profession.

Sans aucun doute, lady Morag avait l'intention de se montrer désagréable. Fiona, se contrôlant, répondit d'une voix douce :

– C'est très flatteur pour elle.

Elle entendit le comte étouffer un petit rire et se dit qu'elle n'aurait peut-être pas dû répondre. Elle rencontra le regard de lady Morag et comprit qu'elle s'était fait une ennemie mortelle et que, dorénavant, elle ferait bien d'être sur ses gardes.

Pour ne pas aggraver les choses, elle trouva une excuse et se retira tout de suite après le dîner, sachant que la jeune femme ne demandait que cela.

Elle jeta un coup d'œil dans la chambre de Marie-Rose pour voir si elle était endormie, puis passa dans le salon. Elle avait envie de jouer du piano, mais si on l'entendait! Elle avait quitté le salon, elle était donc censée dormir.

Elle lut un peu, puis se retira dans sa chambre. Elle se coucha, lut encore un peu, puis souffla la bougie et ferma les yeux.

Elle était presque endormie lorsqu'elle crut entendre frapper doucement à la porte. Pendant un instant, elle crut avoir rêvé, puis on frappa de nouveau. Elle s'assit dans son lit et chercha les allumettes.

Les pièces principales du château étaient éclairées par des lampes, mais on utilisait des bougies dans les chambres et Fiona aimait beaucoup leur douce lueur.

– Entrez! dit-elle.

La porte s'ouvrit sur Mme Meredith.

– Je suis désolée de vous déranger, mademoiselle, dit-elle sur un ton d'excuse, mais Jeannie se sent très mal et je ne sais que faire.

– Jeannie? Je me demandais justement pourquoi elle n'était pas venue s'occuper de Mlle Marie-Rose ce soir.

– Elle a pris froid hier et, ce matin, elle pouvait à peine parler. Elle a très mal à la gorge et beaucoup de fièvre.

– Je vais aller la voir.

– C'est très aimable à vous, mademoiselle. Je ne voudrais pas vous ennuyer.

– Cela ne m'ennuie pas le moins du monde. Donnez-moi juste une minute pour prendre les plantes dont j'ai besoin ou, mieux, retournez auprès de Jeannie. Dites-moi où se trouve sa chambre.

– Suivez ce corridor jusqu'au bout, mademoiselle. Vous trouverez un escalier qui mène à l'étage au-dessus. Je vous attendrai.

Mme Meredith fit une pause, puis reprit :

– Inutile de vous donner la peine de monter, mademoiselle. Je reviendrai chercher les herbes quand vous les aurez trouvées.

– Non. Je préfère monter. Si vous voulez vous rendre utile, faites bouillir de l'eau, cela m'avancera.

– Entendu, mademoiselle, et merci.

Puis elle referma la porte. Fiona sortit de son lit, prit sa boîte et choisit les herbes destinées à calmer la fièvre occasionnée sans aucun doute par un rhume de cerveau. Mais elle ne connaîtrait les causes de la maladie qu'après avoir examiné Jeannie; aussi prit-elle plusieurs sachets.

Puis elle enfila une robe de chambre de satin bleu et sortit dans le corridor. Elle constata avec soulagement que les appliques portant les armes ducales étaient encore allumées.

Un tapis de tartan recouvrait le sol et le couloir se resserrait à l'autre extrémité où se trouvait la chambre du comte.

Elle atteignit la plus ancienne partie du château qui n'avait pas encore été rénovée et se trouva au pied d'un petit escalier en colimaçon qui conduisait à l'étage supérieur où Mme Meredith l'attendait.

La chambre de Jeannie était petite mais confortable et Fiona vit aussitôt qu'elle souffrait d'une forte fièvre. Elle pouvait à peine parler et avec ses yeux brillants, on avait l'impression qu'elle ne reconnaissait plus personne.

Mme Meredith avait préparé la bouilloire et lorsque Fiona eut préparé la potion, la gouvernante soutint Jeannie dans ses bras pour que la jeune fille pût boire. Puis elles la recouchèrent et Jeannie murmura quelques phrases incohérentes avant de s'endormir.

– Elle va peut-être dormir pendant plusieurs heures, prévint Fiona à voix basse. Je reviendrai demain matin. Je pense que d'ici là, la fièvre sera tombée.

– C'est merveilleux, mademoiselle, ce que vous pouvez faire avec des choses qui ressemblent à de simples brins d'herbe! s'étonna Mme Meredith admirative.

– Ce sont les herbes qui sont merveilleuses, intervint Fiona. Dieu nous les a données, mais nous n'avons pas toujours l'intelligence de nous en servir.

– C'est bien vrai, mademoiselle. Je me rappelle que ma mère prenait du vin de pissenlit lorsqu'elle ne se sentait pas bien.

– Je suis sûre que Jeannie ira mieux demain matin. Ne vous tracassez pas et allez vous coucher, elle ne vous réveillera pas.

– Merci, mademoiselle, merci beaucoup, dit Mme Meredith.

Fiona lui sourit et descendit l'escalier. En arrivant à l'étage au-dessous, elle vit que l'on avait soufflé les chandelles. Mais deux ou trois restaient allumées à proximité de sa chambre et il lui fut facile de retrouver son chemin.

Elle avançait sans se presser, songeuse, lorsqu'il lui sembla voir dans la pénombre une haute silhouette. Son cœur bondit dans sa poitrine : c'était le duc!

Elle ne ralentit pas et continua bravement. Puis, comme elle allait se cacher dans le renfoncement d'une porte, il la vit.

Sans doute avait-elle un air étrange avec sa longue robe de chambre bleue et ses cheveux blonds qui flottaient sur ses épaules. « Peut-être va-t-il trouver inconvenant que je me rende si tard la nuit dans les appartements des domestiques! Il doit penser que je n'ai pas à m'occuper d'une servante! » songea-t-elle.

Une seconde plus tard, elle se trouvait à un mètre de lui, mais, au lieu de s'écarter, il lui barra le passage. Elle distinguait mal ses traits, mais elle crut voir qu'il avait l'air furieux.

Elle ne pouvait faire un pas de plus et leva les yeux, se disant qu'ils formaient un étrange contraste, elle en vêtements de nuit et le duc si élégant dans son habit de soirée.

« Il doit se demander ce que je suis allée faire », pensa-t-elle, mais avant qu'elle eût pu dire un seul mot, il demanda, d'une voix dure et sèche :

– D'où venez-vous, mademoiselle?

Sa voix était si furieuse qu'elle sursauta. Elle se sentit perdre contenance et balbutia :

– J'ai...

Le duc l'interrompit.

– Il est inutile de mentir. Il me semble que c'est clair! Je ne vous croyais pas ainsi!

Elle le regarda avec surprise.

– Je... Je n'ai pas...

Mais le duc l'interrompit à nouveau d'une voix vibrante de colère :

– Avez-vous eu assez d'amour pour aujourd'hui ou en cherchez-vous encore?

En disant ces mots, il l'attira rudement contre lui et sa bouche se posa sur la sienne. Fiona poussa un petit cri. Il l'embrassait brutalement. Ses lèvres étaient dures, possessives et lui faisaient mal, mais elle était trop surprise et trop choquée pour se défendre.

Quand elle reprit un peu ses esprits et chercha à se dégager, elle ne le put car le duc lui emprisonnait les bras. Elle ne pouvait ni bouger ni dégager sa bouche de son emprise. Elle avait envie de le gifler, de se libérer avec violence, mais elle en était absolument incapable.

Fiona n'avait jamais été embrassée; elle ignorait qu'une femme est faible et sans défense dans les bras d'un homme qui a pris possession de sa bouche.

Les lèvres du duc la meurtrissaient toujours, mais sa colère, étrangement, était tombée.

« Il faut que je me débatte, pensait-elle, que je me libère! »

Mais, au moment où elle se préparait à le faire, elle ressentit une impression étrange et inconnue. Une vague de chaleur la parcourait, durcissant ses seins et lui serrant la gorge. Elle ne pouvait que subir cette sensation bizarre et inattendue qui continuait à l'envahir, tandis que le duc l'embrassait toujours aussi violemment.

Il l'entoura de ses bras et, au lieu qu'elle en soit effrayée, elle ressentit une impression de sécurité et n'eut plus peur. Elle n'arrivait pas à analyser cette impression, mais la sensation devenait plus forte, l'envahissait toute, la transportait de plaisir... Elle ne luttait plus. Elle savourait ce baiser. Sa bouche se fit docile et son corps se détendit.

C'est alors qu'il releva la tête. Il la lâcha brusquement : elle ne pouvait plus ni parler, ni bouger, ni même penser.

– Que Dieu vous damne! lança-t-il d'un ton rauque.

Puis il la repoussa brusquement et s'éloigna à grands pas. Fiona manqua tomber et se retint à un bahut qui se trouvait là.

Elle demeura un instant immobile, essayant de penser, de comprendre ce qui lui était arrivé et ce qu'elle avait ressenti...

Puis, lentement, très lentement, comme si chaque

pas lui coûtait un effort, elle se dirigea vers sa chambre et se jeta sur son lit, enfouissant son visage dans les oreillers.

Le lendemain matin, elle se demanda si tout cela n'était pas le fruit de son imagination ou un rêve étrange.

La nuit précédente, elle avait fini par ôter sa robe de chambre et par se glisser dans son lit. Elle n'avait pu fermer l'œil, essayant de comprendre pourquoi le duc l'avait embrassée en proie à un sentiment qui ressemblait fort à de la jalousie et surtout pourquoi elle en avait ressenti un tel plaisir.

Pourtant, c'était arrivé et elle n'avait pu se défendre. Au lieu de cela, elle s'était laissée porter par une vague de plaisir, en proie au ravissement.

« Peut-être suis-je devenue folle? » se dit Fiona. Mais elle savait que ce n'était pas là l'explication.

Elle dut se forcer à donner son petit déjeuner à Marie-Rose et eut beaucoup de peine à répondre de façon cohérente à son bavardage.

– Oui, ton oncle a dit que tu pourrais apprendre à pêcher.

– Oui, nous allons voir si nous pouvons commencer ce matin.

– Oui, tu feras exactement comme ton père...

– Oui!

– Oui!

La petite fille la harcelait de questions et Fiona était si distraite qu'il lui semblait qu'elle parlait une langue étrangère.

Après avoir rendu visite à Rollo, comme chaque matin, elles se mirent à leurs leçons.

– Je voudrais faire du piano, tante Fiona.

– Tu dois d'abord apprendre ton arithmétique, ma chérie.

– Oh, pourquoi? Je déteste les multiplications et je sais mes tables par cœur.

Elles avaient cette conversation chaque matin mais aujourd'hui ces propos semblaient, comme tout le reste, étranges à Fiona.

M. Mac Keith envoya un domestique qui annonça que Donald attendrait Marie-Rose à 11 heures pour l'emmener à la rivière. Elle aurait un poney et Fiona un cheval.

Un autre jour, la jeune fille aurait été tout excitée à la pensée de monter un de ces petits chevaux hirsutes, généralement utilisés pour transporter le gibier ou par les rabatteurs lorsqu'il y avait une longue distance à parcourir.

Mais, ce matin, son corps était comme engourdi par le baiser du duc. Elle se sentait toujours emprisonnée dans ses bras et éprouvait cette sensation diffuse et persistante de la veille au soir. Sa gorge se serrait...

Elle pouvait tranquillement se consacrer à ses pensées car Donald était littéralement enchanté d'enseigner l'art de la pêche à Marie-Rose et de lui parler de son père.

Lorsqu'ils furent arrivés au bord de l'eau, il lui montra comment jeter sa ligne. C'était un professeur patient et comme Marie-Rose était très désireuse d'apprendre, elle se montra pleine de bonne volonté et sut très vite comment se servir de la canne à pêche.

– Regardez, tante Fiona! cria-t-elle. Regardez, comme je lance bien!

Elle finit par attraper un petit saumon et poussa des cris d'enthousiasme. C'était une toute petite prise, mais Marie-Rose en parla pendant tout le chemin du retour.

Quand ils arrivèrent au château, Fiona se demanda si le duc était dans la salle à manger ou quelque part dans la demeure. Puis elle coucha Marie-Rose et lui promit qu'elle prendrait un autre poisson le lendemain. Soudain un domestique frappa à sa porte.

– Sa Grâce vous attend dans la bibliothèque, mademoiselle.

Pendant un court instant, elle ne put répondre. Puis d'une voix qu'elle ne reconnut pas, elle déclara :

– Dites, s'il vous plaît, à Sa Grâce que je la retrouve dans quelques instants.

Il lui fallait en effet quelques instants pour reprendre contenance, penser à ce qu'elle allait dire, trouver les mots pour expliquer qu'elle ne faisait pas du tout ce qu'il croyait, mais qu'elle était allée au secours d'une malade.

Mais après tout, elle n'avait aucune explication à lui donner! Il l'avait insultée et elle devrait exiger des excuses. Pour qui diable la prenait-il?

Il la jugeait exactement comme son père avait jugé Rose-Marie et probablement devait-elle s'attendre à être traitée comme elle.

Au moins, Jeannie pourrait témoigner de sa présence dans sa chambre.

Le matin même, Mme Meredith lui avait annoncé que Jeannie allait mieux et, lorsqu'elle se rendit à son chevet, Fiona constata avec plaisir que la fièvre était tombée.

– Je reviendrai la voir dans l'après-midi, avait-elle promis à Mme Meredith.

– Elle va beaucoup mieux, mademoiselle. Vraiment beaucoup mieux. Ces herbes lui ont fait beaucoup de bien, un bien magique, comme dit Sa Seigneurie.

Fiona hésita un moment.

– J'espère que Sa Seigneurie plaisante, lorsqu'elle parle ainsi. Il n'y a aucune magie là-dessous, vous le savez bien.

– Je le sais, mademoiselle. Ne faites pas attention à ce que dit Sa Seigneurie.

Fiona regarda, intriguée, la gouvernante :

– Qu'entendez-vous par là ?

– Vous êtes trop jolie, voilà la vérité. Il vous faudrait un mari qui se batte pour vous.

Fiona se mit à rire.

– Je crois que je peux livrer bataille moi-même.

– C'est très commode, pourtant, un homme.

Fiona fut soudain frappée par cette idée qu'effectivement elle aimerait qu'un homme prenne soin d'elle. Un homme qui serait en mesure d'expliquer au duc qu'elle ne s'était pas conduite de façon immorale...

« Comment ose-t-il ? »

Fiona essaya de ranimer dans son cœur la haine qu'elle lui portait depuis son arrivée, mais elle n'y parvint pas.

Plus tard, elle se demanda comment elle avait fait pour arriver jusqu'à la bibliothèque. C'était une pièce de belles proportions, contiguë à la salle à manger.

Tapissée de livres du sol au plafond, elle était très impressionnante mais, en y pénétrant, Fiona n'avait d'yeux que pour l'homme qui l'attendait, adossé à la cheminée.

Cette cheminée se trouvant à l'autre extrémité de la pièce, il lui fallut la traverser tout entière sous le regard du duc. Son cœur battait à se rompre et elle s'avança les yeux baissés, ses cils sombres ombrageant ses joues pâles.

C'était ridicule, absurde, mais elle tremblait et il lui semblait que, malgré elle, ses pieds la portaient vers lui.

« Il faut que je lui fasse comprendre, il faut que je lui explique », pensait-elle.

Puis elle fut soudain en face de lui. Elle sentit sa présence sans même lever les yeux.

« Je vais lui faire une révérence, puis je lui parlerai. »

Mais avant qu'elle ait pu bouger ou parler, le duc déclara d'une voix qu'elle eut de la peine à reconnaître :

– Je veux m'excuser et j'espère que vous me pardonnerez.

5

Elle leva les yeux au bout d'un moment qui lui sembla une éternité et lut sur le visage du duc une expression qui lui coupa le souffle.

– Je n'ai aucune excuse, dit-il à voix basse, excepté celle-ci : vous m'avez rendu fou de jalousie et ma folie m'a poussé à croire que vous étiez avec Torquil.

– Comment avez-vous pu... penser une chose... pareille?

Elle voulut parler d'un ton réprobateur mais sa voix se brisa d'émotion.

– Je vous ai dit que j'étais fou, répliqua le duc.

Debout l'un en face de l'autre, ils se regardaient et, bien qu'ils fussent étrangers l'un à l'autre, leurs esprits étaient complices. Point n'était besoin d'explication ni d'excuses.

– Pardonnez-moi, dit-il encore.

Puis, avant qu'elle pût répondre, il ajouta :

– Qu'allons-nous faire ? Dites-le-moi. Je sais que j'ai mal agi et j'y ai pensé toute la nuit, mais je ne sais que faire.

Elle était effarouchée et se dit que la première chose à faire était de repartir du début :

– Vous savez... à présent... que j'étais allée... voir... Jeannie ? demanda-t-elle.

– En effet, j'ai appris ce matin de la bouche de Mme Meredith de quelle façon miraculeuse avaient agi vos plantes et je me suis rendu compte à quel point je m'étais couvert de ridicule.

Il ajouta en la regardant dans les yeux :

– En vous embrassant, j'ai été transporté au paradis, moi qui ai vécu si longtemps un enfer. Il me semblait qu'il n'y avait plus d'autre existence pour moi.

– Ce n'est qu'hier que j'ai appris... les terribles... soupçons qui pèsent sur vous.

– C'est Torquil qui vous a mise au courant, je suppose.

Il avait dit cela d'un ton aigre, aussi Fiona répondit-elle :

– Il a pensé qu'il pouvait me dire la vérité, parce que je me posais la question de savoir pourquoi... vous étiez si isolé.

– Quelle a été votre réaction en apprenant la vérité ?

Elle comprit qu'il était anxieux de connaître sa réponse et elle déclara, en toute sincérité :

– J'ai été désolée, très peinée.

– Je n'ai que faire de votre pitié.

– Je ne vous l'offre pas. Le comte a toute confiance en vous.

– Et vous?

Elle le regarda dans les yeux et il lut dans sa pensée.

– Je crois, je sais qu'il est impossible que vous ayez commis un meurtre.

Le duc poussa un cri étranglé et tendit les bras, puis au prix d'un terrible effort, les laissa retomber.

– Est-ce que vous croyez réellement à mon innocence?

Fiona hocha la tête. Elle avait la gorge si serrée qu'elle pouvait à peine parler.

– Alors, dit-il, plus rien n'a d'importance. Mais qu'allons-nous faire?

Elle eut un geste d'impuissance.

– Que pouvons-nous faire?

Il reprit son souffle et dit :

– Vous savez, je pense que, si je le pouvais, je vous demanderais de m'épouser.

Il sembla à la jeune fille que la pièce était brusquement inondée de soleil.

Il avait parlé avec passion et, un long moment, leurs regards se soudèrent. Elle se sentit frissonner. Elle éprouvait avec acuité la même sensation que la veille, quand il l'avait embrassée.

Enfermés dans un charme ensorcelant, ils oubliaient tout, occupés exclusivement d'eux-mêmes. Les haines ancestrales, les soupçons, tout cela avait disparu. Il ne restait plus qu'un homme et une femme, face à face, pris dans un sentiment à la fois primitif et divin, et pour qui plus rien n'existait en dehors de leur appartenance mutuelle.

– Je l'ai su dès notre première rencontre, dit le duc d'une voix mal assurée.

– Quoi donc? interrogea-t-elle.
– Que je vous aimais.
– Mais comment? Je vous haïssais...
– Oui. Mais je comprenais pourquoi. Je me suis détesté bien plus que vous n'avez pu le faire, lorsque j'ai appris la mort de Ian.
Fiona le regarda, surprise.
– Je voulais vous le dire. Je voulais vous expliquer tout depuis que vous êtes arrivée ici. Je pense que mon orgueil m'en a empêché et, de surcroît, je crois que je désirais que vous me haïssiez.
Il sourit en voyant son air perplexe. Ce sourire illumina son visage. Il n'avait plus l'air amer ni cynique et avait rajeuni de dix ans.
– Vous me haïssiez avant de me connaître, dit-il. Et je pense que si j'avais su votre existence, je vous aurais haïe de même.
– C'est effectivement ce à quoi je m'attendais.
– Quand vous avez pénétré dans cette pièce, continua-t-il, et que vous m'êtes apparue comme une réplique de Marie-Rose, tel un rayon de soleil dans toute cette ombre qui m'environnait, il m'a semblé que le monde où je vivais s'en trouvait sens dessus dessous.
– Je ne puis le croire!
– Asseyez-vous. Je vais vous expliquer.
Elle n'avait pas bougé. Elle se sentait si désorientée, que le duc la prit par le bras et la fit asseoir sur le sofa.
Lorsqu'il la toucha, il lui sembla être traversée par une flamme. Tous deux retinrent leur souffle. Il chercha son regard et demanda :
– Comment pourrions-nous combattre?
Fiona se laissa tomber sur le divan. Elle avait le sentiment que ses jambes ne la portaient plus. Le

duc s'assit auprès d'elle, le bras posé sur le dossier.

– Je voudrais vous faire comprendre pourquoi je me suis conduit ainsi envers Ian, dit-il. Car je ne veux plus revoir la haine que j'ai lue dans votre regard lorsque vous êtes arrivée ici.

– Je pensais que vous étiez... cruel et... injuste.

– Je le sais. C'est pourquoi j'ai pensé qu'il n'y avait rien à faire.

– Dites-moi... implora-t-elle.

– Quand Ian écrivit pour annoncer à mon père qu'il avait épousé une femme qui se produisait en public et se faisait payer pour cela, je dois dire, pour être tout à fait honnête, que je fus presque aussi choqué que lui.

– La raison en était... que... nous avions besoin d'argent pour... soigner notre père.

– L'idée que les actrices sont des femmes perdues était si ancrée dans la tête de mon père, reprit le duc, qu'il lui était pratiquement impossible de faire la différence entre une actrice et une musicienne. Mais moi, j'aurais dû la faire!

Il s'interrompit et poursuivit :

– Après avoir reçu la nouvelle du mariage de Ian, j'aurais dû lui écrire ou aller le voir.

– Pourquoi ne l'avez-vous pas fait? demanda Fiona.

– Mon père m'aurait sans aucun doute tué. Je suppose que, s'il l'avait pu, il eût exercé le vieux droit de vie et de mort sur les membres du clan et aurait tué Ian!

– C'est vraiment... extraordinaire! murmura Fiona. Mais je crois que je puis comprendre, un peu... sa réaction.

– Je crois que cela vous est impossible, dans la

mesure où vous n'avez pas vécu dans l'intimité contraignante d'un clan.

– Mais, dit Fiona, après la mort de votre père... Pourquoi n'avez-vous pas cherché à entrer en contact avec Ian?

– Bien entendu, c'était là ce que j'avais l'intention de faire. Nous avions toujours été si proches, Ian et moi, que j'ai pensé qu'il comprendrait aisément que je ne pouvais agir autrement du vivant de notre père. Il m'était impossible de défier ce vieillard, même pour quelqu'un que j'aimais.

– Mais alors?

– Sur son lit de mort, mon père m'a fait jurer sur le poignard de notre clan que je n'entrerais pas en contact avec Ian.

– Oh, non!

– J'ai hésité à faire ce serment sacré, poursuivit le duc. Mais il avait... comment dire?... une telle autorité sur moi, que j'ai capitulé, en partie parce qu'il était mourant, en partie parce que, en dépit de ses fautes et de ses faiblesses, c'était un homme que j'admirais.

– Comme cela a dû être dur pour vous!

– Je me suis dit qu'il me fallait respecter mon serment, mais que si Ian essayait d'entrer en contact avec moi, je le rencontrerais.

Fiona joignit les mains en disant :

– Si seulement il avait su! Il a attendu si longtemps un signe de vous!

– Aurais-je dû faillir à mon serment?

Il avait posé la question à brûle-pourpoint et Fiona comprit que la réponse lui importait beaucoup.

Elle ne répondit pas immédiatement. Il attendait, elle en était consciente, se demandant s'il allait être absous ou condamné. Enfin, elle déclara paisiblement :

– A présent, je sais ce que représentent pour vous les traditions du clan : j'estime que vous ne pouviez vous parjurer.

Elle lut dans les yeux du duc un immense soulagement. Celui-ci s'écria :

– J'espérais que vous me répondriez ainsi. Dieu, ma chérie ! Vous êtes tout ce que j'aime et respecte au monde. Vous êtes belle, bonne et vous comprenez tout.

Elle leva les mains, comme pour se défendre.

– Ne dites pas... des choses pareilles. Nous parlions de Ian. S'il avait su tout cela, il eût été si heureux !

– S'il avait su, reprit le duc, il aurait compris. Notre père n'était pas seulement notre père. Pour nous deux, il était un chef. Quoi qu'il nous eût demandé, nous eussions considéré comme une trahison de lui désobéir.

Fiona sourit.

– Pourtant Ian a épousé ma sœur parce qu'il l'aimait !

– Oui. C'est une chose que je n'avais pas comprise jusqu'à présent, dit le duc. Mais grâce à vous, je comprends que l'amour est plus fort que la loi du sang, plus fort que mille ans de traditions.

Fiona détourna le regard.

– Je ne suis pas sûre que vous deviez parler ainsi. Vous vivez dans un autre monde et je m'aperçois que vous êtes ici une espèce de monarque.

– Pas vraiment, dit le duc. Les gens me respectent comme ils respectaient mon père et ils me font confiance.

– Mais... comment peut-on vous croire... coupable d'un tel crime ?

– Les Rannocks, dit-il, se feraient tuer pour moi. Ils me suivraient n'importe où; cependant, bon nombre d'entre eux se demandent si je n'y suis pas un peu pour quelque chose dans la disparition de ma femme.

– En êtes-vous bien sûr?

– Je ne puis évidemment en parler à personne.

– Pour ce qui est du personnel du château, je suis certaine tout comme le comte, qu'ils vous croient innocent, incapable de quoi que ce soit de mal.

Le duc ne put s'empêcher de prendre la main de la jeune fille et de la porter à ses lèvres.

– Merci, dit-il. Je vous ai dit que vous étiez un rayon de soleil et, à présent, vous avez éclairé mon cœur. Je ne croyais plus que ce fût possible.

Elle sentit un frisson la parcourir. Elle était émue par ses paroles et par son baiser. Elle ne désirait qu'une chose : qu'il l'embrasse, comme il l'avait embrassée la veille.

Une fois de plus, comme s'il lisait dans ses pensées, il dit :

– C'est précisément pour cette raison que je veux que vous quittiez cette demeure.

Elle ne s'attendait pas à cela et poussa un petit cri.

– Non! Vous ne pouvez pas me demander une chose pareille!

– Croyez-vous que je puisse vous garder ici? Vous avez pu constater que je ne suis pas maître de moi!

– Au moins... je pourrais vous voir, chuchota-t-elle.

– Mais cela nous suffirait-il? Je vous veux! Je désire que vous soyez ma femme! Je veux vous tenir dans mes bras, maintenant et toutes les nuits que je vivrai! Je vous aime trop pour pouvoir me passer de vous!

Puis il lâcha sa main et se leva. Comme s'il ne pouvait plus la regarder, il se dirigea vers la fenêtre et appuya son front contre la vitre.

Fiona resta sur sa chaise, pressant ses mains l'une contre l'autre. Elle sentait encore la brûlure de son baiser.

– Je ne peux pas... Je ne peux pas m'en aller, chuchota-t-elle. Je ne puis vous laisser...

– Il le faut, mon trésor. Donnez-moi quelques jours. Je trouverai une excuse. Par exemple, que Marie-Rose a besoin d'une éducation plus complète et que vous êtes obligée de l'emmener à Edimbourg. J'ai une maison là-bas. Vous pourrez vous y installer et mener une vie plus gaie.

Puis, tout à coup il eut un geste de désespoir et frappa la fenêtre de son poing.

– Il y aura des hommes, là-bas! s'écria-t-il. Des hommes qui verront votre beauté, tout comme je l'ai vue! Dieu! Comment pourrais-je supporter cette idée?

Il prononça ces paroles avec un accent si douloureux que Fiona se leva et s'approcha de lui.

– Tout est allé si vite... Ne faisons pas de projets... Pas encore. Prenons notre temps.

– Notre temps pour quoi faire?

– Pour réfléchir au fait que nous nous aimons.

– Je vous ai dit que c'est une chose à laquelle je veux éviter de penser, sinon, je serais capable de me conduire en barbare! Le barbare que vous voyiez en moi, avant de me connaître.

– Ce n'est pas ce que je pensais! protesta-t-elle, mais il n'y a aucune raison pour que vous vous conduisiez comme tel à présent.

Elle avait parlé avec beaucoup de douceur et il se

tourna vers elle. Elle avait les yeux levés vers lui et la lumière qui tombait de la fenêtre rendait son teint plus lumineux encore et faisait briller ses dents.

– Ne me regardez pas ainsi, dit-il d'une voix rauque. Je vous jure que, serais-je marié à un millier de femmes, je vous prendrai et vous ferai mienne.

La passion vibrait dans sa voix, mais Fiona n'en fut pas effrayée. Au contraire. Elle tendit la main et la posa sur son bras.

– Je vous aime... Nous allons combattre tous les deux... Avec l'aide de Dieu, nous découvrirons si votre femme est... morte.

– Découvrir une preuve? répéta-t-il. Croyez-vous donc que je n'ai pas cherché? J'ai interrogé tout le monde et j'ai passé toute la contrée au peigne fin. Nous n'avons pas découvert le moindre indice et n'avons aucune idée de ce qui a pu se produire.

– Mais c'est impossible! Personne ne peut disparaître ainsi! Personne ne peut mourir sans que l'on retrouve son corps!

– Croyez-vous que je n'y aie pas pensé? J'ai fait draguer la rivière, les gardes forestiers ont exploré chaque pouce de terrain autour du château.

– Et dans le château?

– Nous avons examiné chaque tour, visité chaque donjon et n'avons pas même découvert une empreinte.

– Mais enfin, si elle est vivante, elle doit bien être quelque part et si elle est morte, on doit retrouver son corps!

– Eh bien, trouvons-la!

– Je veux vous y aider. Même si ce n'était pas mon intérêt, je ne supporterais pas l'idée qu'un homme de votre âge soit enchaîné pour toujours à une femme qui est forcément morte.

– Vous êtes donc personnellement concernée?

– Voulez-vous... que je vous dise... à quel point?

– Vous le savez bien. Dites-le-moi, ma chérie. Je le vois dans vos yeux et l'entends à l'expression de votre voix, mais je veux que vous me le disiez.

Il attendait. Le rouge monta au visage de Fiona.

– Vous... m'intimidez...

– Cela vous rend encore plus jolie.

Il lui prit la main et déposa un baiser insistant sur sa paume. Elle frissonna.

– Dites-le.

– Je... Je vous aime! chuchota-t-elle en fermant ses doigts sur les siens.

– Je voulais vous l'entendre dire et, maintenant, je combattrai de toutes mes forces pour me rendre libre et pour que vous soyez mienne.

Il pencha la tête et, ouvrant la main de Fiona, lui embrassa de nouveau la paume. Puis ses lèvres s'appuyèrent sur son poignet et elle ressentit une étrange sensation, faite de douleur et de plaisir.

– Oh, mon trésor, ma douce! murmura le duc. Si je pouvais vous communiquer ce que je ressens. Mais c'est beaucoup trop difficile à expliquer.

Fiona dut faire un effort pour s'arracher à lui.

– Il nous faut... être raisonnables... garder nos forces pour la... bataille que nous allons livrer, dit-elle d'une voix haletante.

Le regard du duc ne quittait pas ses lèvres tandis qu'elle parlait.

– Je meurs d'envie de vous embrasser. Seigneur, c'est la chose la plus difficile qu'il m'ait été donné de supporter: ne pas vous embrasser! Je voudrais tant connaître de nouveau l'extase de la nuit dernière!

– Pour moi aussi, c'était... merveilleux, chuchota-t-elle. Mais j'ai le sentiment qu'il nous faut... mériter ce miracle.

– Supposez, supposez... que nous ne parvenions pas à trouver ce que nous cherchons... Rappelez-vous que j'ai échoué jusqu'ici.

Fiona sourit.

– Marie-Rose a dit que j'étais une sorcière blanche et lady Morag m'a dépeinte dans des termes moins flatteurs. Mais quoi que je sois, j'ai la conviction inébranlable qu'ensemble... nous vaincrons.

– J'aimerais vous croire. Je le souhaite de tout mon cœur et de toute mon âme! Dans le même temps, ma chérie, j'entrevois toutes les difficultés... mais je préfère ne pas en parler.

– Quelle importance? lança-t-elle légèrement.

Puis elle se souvint de lady Morag.

– Oui, dit le duc, devinant ses pensées. C'est une femme possessive et fatigante. Je ne pense pas que nous puissions devenir ses amis.

– Je n'en ai pas la moindre intention, répliqua Fiona. Je n'ai pas du tout aimé la façon dont elle a évoqué la sorcellerie; mais je crois la plupart des domestiques trop intelligents pour tenir compte de ce qu'elle dit.

– On ne sait jamais. Mais j'ai cru comprendre que le médecin est de retour et, dorénavant, nous aurons recours à ses services.

Fiona poussa un petit cri.

– Mais c'est une capitulation! Cette superstition est, non seulement ridicule, mais sans fondement.

– Les Ecossais sont superstitieux. Il se peut que les paroles de lady Morag redonnent vie à d'anciens préjugés.

– Vous voulez dire, répondit Fiona en souriant, que l'on peut me prendre pour une sorcière, et ce d'autant plus volontiers que je suis une Sassenach?

Le duc se mit à rire.

– Je ne pense pas qu'une personne douée de bon sens puisse vous imaginer assise sur un manche à balai et jetant des sorts. Mais il est facile d'enflammer l'imagination de gens qui vivent en vase clos et qui ont peu de chose à discuter en dehors de leur propre vie quotidienne.

Pendant un moment, Fiona ne répondit pas. Puis elle dit :

– Ainsi, je ne devrais plus soigner les gens, alors que je sais être en mesure de le faire?

– Je pense en effet qu'il serait bon de vous faire oublier pendant un certain temps.

– Cela me paraît tout à fait ridicule.

– Je le sais. Mais si vous restez ici, ma chérie, il nous faut être très prudents et ne pas donner prise aux commérages, ne pas donner aux mauvaises langues l'occasion de vous nuire : je ne pourrais pas le supporter!

Il poussa un profond soupir.

– Je puis me tromper. Vous m'avez persuadé de vous garder près de moi, mais j'ai la conviction que vous seriez mieux à Edimbourg et que c'est une question de sécurité pour vous.

– Si vous me voulez auprès de vous, dit Fiona, je n'aurai sûrement pas la lâcheté de partir.

– Si je vous veux? Vous ne savez pas à quel point, et combien il m'est difficile de vivre sans vous! (Il détourna le regard avant de poursuivre :) Si vous étiez sage, vous épouseriez Torquil et me laisseriez à mes fantômes.

– Le comte ne m'a pas proposé le mariage, si c'est ce que vous voulez dire.

– Il le fera, affirma le duc. J'ai bien vu la façon

dont il vous regarde! Je sais comment il parle de vous. Il est amoureux de vous.

Il hésita puis poursuivit :

– C'est pour cette raison que l'autre nuit, persuadé que vous sortiez de sa chambre, je me suis comporté de telle façon que je me demande comment vous acceptez encore de m'adresser la parole.

Leurs yeux se rencontrèrent. Ils n'avaient pas besoin de mots. Leurs regards demeurèrent longuement rivés l'un à l'autre, puis le duc déclara :

– Dieu sait combien j'ai peur de vous perdre. Oh, ma chérie, j'ai l'impression d'être prisonnier depuis une éternité et d'entrevoir brusquement la lumière.

Sans avoir conscience de ce qu'elle faisait, Fiona avança d'un pas et, soudain, les bras du duc l'entourèrent.

Leurs lèvres se joignirent.

Elle reconnut la sensation qui s'était emparée d'elle la nuit précédente, mais bien plus intense, à présent qu'ils s'étaient déclaré leur amour.

Il semblait à Fiona que les lèvres du duc lui prenaient le cœur et l'âme, la faisaient sienne. Son corps tout entier répondait à la musique qu'il évoquait, une musique céleste...

Un soleil radieux les baignait, une mélodie d'une beauté incomparable envahissait leurs cœurs et leurs corps; bientôt, ils ne furent plus qu'un seul être.

« Je vous aime, je vous aime! » répétait Fiona dans son cœur.

Mais elle ne pouvait parler, car les lèvres du duc tenaient sa bouche prisonnière et il lui semblait que leurs souffles mêlés étaient le souffle même de la vie.

« Jamais je ne pourrai le quitter », se répétait-elle, et elle savait que lui non plus ne la laisserait pas partir.

Son amour la transportait jusque dans la brûlure du soleil qui l'envahissait toute.

Quand la sensation de délices fut devenue insoutenable, Fiona poussa un petit gémissement et enfouit sa tête dans l'épaule du duc. Elle tremblait encore des émotions qu'il avait suscitées en elle et sentit sa bouche se poser sur ses cheveux.

– Je vous aime! dit-il d'une voix rauque. Je vous aime, ma chérie, et rien au monde ne compte que vous.

– Il me semble... impossible... que tout ceci... soit réel! s'écria Fiona.

Il resserra son étreinte et, à ce moment, la pendule de la cheminée sonna l'heure.

Fiona sursauta.

– Marie-Rose! Je l'ai totalement oubliée! Il faut que j'aille la réveiller.

– Il me semble que nous avons oublié l'un et l'autre tout ce qui n'est pas nous. Je vais tâcher de faire en sorte que nous soyons seuls de temps en temps, mais vous vous rendez bien compte, mon trésor, que cela ne va pas être facile. Je ne tiens pas à ce que les domestiques soient au courant de nos sentiments.

La jeune fille sourit.

– Nous serons très circonspects, le rassura-t-elle. Mais je penserai sans cesse à vous.

– A quoi d'autre pouvons-nous penser l'un et l'autre? N'oubliez pas un seul instant que je vous adore.

– Comme je vous adore, moi aussi, répondit Fiona.

S'arracher aux bras l'un de l'autre leur sembla

une torture. Elle le regardait comme s'il lui était impossible de quitter la pièce; puis elle marcha vivement vers la porte, l'ouvrit et sortit sur le palier.

Elle vit deux valets de pied dans le hall et se demanda s'ils l'avaient vue pénétrer dans la bibliothèque. Peut-être trouveraient-ils étrange qu'elle y soit restée si longtemps.

Puis comme elle savait que Marie-Rose l'attendait, elle s'engagea en courant dans le couloir qui menait aux chambres.

Ce fut avec une excitation mêlée d'appréhension que Fiona se rendit ce soir-là dans le salon.

Elle était très énervée à la pensée de revoir le duc car elle n'avait pensé qu'à lui pendant tout l'après-midi. Elle redoutait aussi la présence de lady Morag qui serait là pour le dîner, comme chaque mercredi soir. Pourvu aussi que le comte ne remarque rien!

Elle savait que le duc et le comte étaient allés pêcher dans l'après-midi car, lorsque Marie-Rose avait voulu voir Rollo, elle avait trouvé le chenil vide.

– Sa Grâce l'a emmené, mademoiselle, avait dit Angus. S'il a de la chance, il rapportera un gros poisson pour votre dîner.

– J'aurais bien voulu aller avec lui, dit Marie-Rose, et Fiona pensa de même.

Elles explorèrent des endroits du château qu'elles n'avaient pas encore vus, et s'entretinrent avec de nombreux membres du personnel qui n'avaient pas encore rencontré Marie-Rose.

– C'est une belle et brave petite, remarqua l'un des plus vieux serviteurs, et je vois bien comme elle ressemble à Sa Seigneurie!

Pourtant Marie-Rose était le portrait de sa mère et ne ressemblait en rien à son père. Ainsi les gens ne voyaient que ce qu'ils désiraient voir et Fiona se demanda si cette pensée ne lui donnerait pas la clef de la disparition de la duchesse.

Le jour où elle avait disparu, sans doute s'était-elle comportée exactement comme à l'ordinaire. Ainsi personne n'avait rien remarqué.

En revenant vers leurs appartements, elles rencontrèrent Mac Keith, et Marie-Rose, qui l'aimait beaucoup, glissa sa main dans la sienne.

– Vous avez promis de me montrer la pièce où vous travaillez! lui rappela-t-elle.

– C'est vrai. Eh bien, allons-y.

Il les conduisit dans un bureau aux dimensions impressionnantes meublé d'une énorme table, de boîtes de bois portant la couronne ducale et encombré de papiers. Aux murs se trouvaient plusieurs cartes de la région.

Marie-Rose gambadait dans la pièce, observant toutes choses avec passion. Fiona demanda :

– Pourquoi ne m'avez-vous pas prévenue, lorsque nous avons parlé de la disparition de la duchesse, que le duc était soupçonné.

Mac Keith sursauta.

– J'ai jugé que c'était inutile, dit-il après un silence.

– Je trouvais étrange qu'il y ait si peu de visites, reprit Fiona.

– C'est en effet une très triste situation, acquiesça Mac Keith.

– Non seulement pour le duc, mais pour Marie-Rose. Il n'est pas bon qu'elle vive si isolée. En fait, j'avais espéré qu'elle partagerait ses leçons avec des enfants du même âge.

– Il y a très près d'ici des enfants du même âge, en effet, dit pensivement Mac Keith.

– Comprenez-moi bien, poursuivit la jeune fille. Il y a beaucoup de familles nobles dans les environs et quelques-unes d'entre elles ont sûrement des enfants qui pourraient devenir les amis de Marie-Rose.

M. Mac Keith s'agita, mal à l'aise.

– Je vais voir ce que je peux faire, mademoiselle.

– Il n'y a qu'une seule chose à faire, déclara Fiona : trouver la duchesse ou plutôt son corps!

Si elle avait eu l'intention de troubler Mac Keith, elle y était parvenue.

– Je vous ai dit que l'on avait fait tout ce qui était en notre pouvoir. Sans succès. Je ne vois vraiment pas ce que l'on pourrait faire de plus.

– Il arrive qu'un étranger découvre des choses qui ont échappé aux familiers.

– Que voulez-vous dire?

– Il doit y avoir un rapport de police. J'aimerais le lire.

– Je ne sais pas si Sa Grâce...

– Je pense en effet qu'il serait gênant pour moi de le demander à Sa Grâce, aussi est-ce à vous que je m'adresse.

Il sembla hésiter un moment, puis se décida.

– Très bien, mademoiselle. Il existe un certain nombre de papiers concernant la disparition de la duchesse. Je vais rassembler un dossier et vous le remettre.

– Merci, dit Fiona avec un sourire. Quand je l'aurai lu, je vous demanderai peut-être de répondre à certaines questions.

– Avez-vous vraiment l'intention de vous occuper de cette affaire, mademoiselle?

– Tout ce qui concerne ma nièce me regarde, répondit-elle. Je n'ai pas besoin de vous dire à quel point cet état de choses peut affecter l'avenir de Marie-Rose.

Elle sentit que sa conviction avait ébranlé Mac Keith.

– Je comprends votre point de vue, mademoiselle. C'est une chose à laquelle je n'avais pas pensé, mais je suis sûr que vous avez raison.

– Alors, aidez-moi, dit-elle avec un sourire éblouissant.

– Je ferai tout ce qui est en mon pouvoir. Je vous promets de vous donner chaque rapport, chaque papier concernant cette affaire.

Elle le remercia d'un sourire.

– Merci. Maintenant je vais prendre le thé avec Marie-Rose, voulez-vous vous joindre à nous?

– J'en serais très honoré, répondit-il. J'espère que vous m'inviterez une autre fois car, pour aujourd'hui, Sa Grâce m'a donné un certain nombre de choses à faire.

– Entendu, dit Fiona.

Elle appela Marie-Rose et elles montèrent l'escalier main dans la main.

– C'est un très grand château, tante Fiona, remarqua Marie-Rose une fois de plus, mais je suis sûre que nous y serons très heureuses.

– Moi aussi, ma chérie.

Elle pria secrètement pour que cela soit vrai.

En entrant dans le salon, elle pensait à l'optimisme de Marie-Rose. Lady Morag, appuyée contre la cheminée, s'entretenait comme à l'accoutumée avec le duc.

Elle avait revêtu une robe extrêmement élégante et Fiona eut le sentiment qu'elle cherchait à éclipser l'invitée de son hôte. Elle portait des diamants aux oreilles, autour du cou, et son regard déclarait ouvertement qu'elle n'aimait pas l'Anglaise et la considérait comme une ennemie.

– Bonsoir, mademoiselle, dit-elle, tandis que Fiona plongeait dans une révérence. Comment va la chère petite Marie-Rose ? J'espère qu'elle continue à prendre régulièrement ses leçons. Il m'a semblé que vous passiez beaucoup de temps dehors.

– Marie-Rose prend la plus grande partie de ses leçons dans la maison, mais elle apprend aussi beaucoup dehors. Elle est fort intelligente et notre conversation roule souvent sur des sujets très intéressants.

– Quelle chance elle a de posséder une maîtresse d'école aussi parfaite !

Elle avait, bien entendu, l'intention d'être sarcastique et il était clair qu'elle considérait que la jeune fille, parce que jolie et élégante, ne pouvait être que sotte.

Fiona s'avança vers le duc et murmura :

– Bonsoir, Votre Grâce.

Il lui fallut un énorme effort de volonté pour ne pas lever les yeux vers lui. Elle savait que si elle le regardait, ne serait-ce qu'un instant, elle ne pourrait plus détacher son regard et lady Morag pourrait y lire toute l'adoration qu'elle vouait au duc.

– Bonsoir, mademoiselle, répondit le duc avec gravité.

Elle sentit l'amour vibrer derrière ces paroles banales et pensa avec bonheur qu'il éprouvait la même chose qu'elle. Ce lui fut un soulagement de pouvoir enfin se tourner vers le comte pour lui demander de raconter leur partie de pêche.

– J'ai eu plus de succès cet après-midi, dit-il. J'ai battu Aiden de deux saumons.

– Mais c'est magnifique! Il va falloir que je raconte cela à Marie-Rose.

Ils évoquèrent ensuite les propos d'Angus lors de leur visite à Rollo.

– Vous ne devriez pas vous approcher tant de ce chien, dit le comte d'un air soucieux. Supposez qu'il vous blesse! Je ne pourrais le supporter.

– Je suis sûre qu'avec Marie-Rose pour me protéger, je n'ai rien à craindre, répliqua-t-elle d'une voix enjouée.

Elle vit à l'expression des yeux du comte que le duc ne s'était pas trompé : il était amoureux d'elle.

Elle continua cependant de converser avec lui, se reprochant de l'encourager cruellement, mais elle n'osait adresser la parole au duc, craignant de se trahir devant lady Morag. Malgré cela, la jeune femme la soupçonnait, car dans le salon elle reprit :

– Cela me gêne un peu d'aborder à nouveau ce sujet, mademoiselle, mais je me dis que vous devez trouver la vie ici bien morne et que vous devriez songer à repartir dans le Sud.

– J'ai très peu d'attaches dans le Sud, répondit Fiona. J'ai vécu avec ma sœur et mon beau-frère, et maintenant, tout ce qui me reste, c'est Marie-Rose.

– Je comprends votre attachement pour cette enfant, mais songez que si le duc se remarie, sa position serait considérablement changée.

– J'ai cru comprendre que, pour le moment du moins, la chose était impossible.

– Le corps de la duchesse peut être retrouvé, dit lady Morag. Dans ce cas, le duc se trouverait libre.

Elle prononça ces paroles de telle façon que

Fiona lui jeta un regard perçant. L'idée lui vint tout à coup que lady Morag en savait plus long sur la disparition de sa sœur qu'elle voulait bien l'admettre.

– Vous vivez ici, madame, dit-elle à voix haute. Je pense que vous avez une idée sur ce qui est arrivé à la femme de Sa Grâce. Il paraît extraordinaire qu'elle ait disparu ainsi sans laisser de trace.

– C'est extraordinaire, en effet, acquiesça lady Morag. Mais je dois reconnaître qu'ils étaient extrêmement malheureux ensemble.

Il sembla de nouveau à Fiona que les paroles de lady Morag étaient à double sens : comme si elle eût voulu lui faire comprendre que le duc avait été très heureux d'être débarrassé de sa femme.

– Selon le comte, certaines personnes rendraient le duc responsable de la disparition de la duchesse, dit Fiona. Mais, connaissant le caractère de mon beau-frère, il me paraît impensable qu'un de ses parents puisse être un meurtrier.

– Peut-être ne comprenez-vous pas très bien à quel point les hommes et les femmes changent de comportement lorsqu'une de leurs passions est en jeu, répondit la jeune femme d'un ton insidieux.

Les yeux de Fiona s'agrandirent.

– Etes-vous en train de suggérer, madame, que le duc puisse être coupable?

Elle essayait de pousser lady Morag dans ses derniers retranchements. Celle-ci eut un rire affecté.

– Vraiment mademoiselle, quelle question! Jamais je ne me permettrais de penser une chose aussi désobligeante! Si, toutefois, vous avez de telles pensées, il vaudrait peut-être mieux pour vous ne pas demeurer ici sans protection.

Fiona éclata de rire.

– Ne prenez pas ce ton tragique, madame. Je vous assure que je ne crains pas le moins du monde d'être assassinée. De plus, j'espère pour Marie-Rose que le duc pourra se remarier. Je ne pense pas qu'une femme, si exceptionnelle soit-elle, puisse être chef de clan.

L'expression étrange qu'elle lut dans le regard de lady Morag lui confirma qu'elle avait vu juste.

Il était à peu près évident que, si elle le voulait, elle pourrait faire des révélations sur la disparition de sa sœur, donner un indice... dès le moment où elle serait certaine que le duc l'épouserait!

« Ou je suis devineresse, ou mon imagination me joue des tours », se dit-elle.

Plus tard, dans son lit, elle se remémora cette conversation, analysant toutes les inflexions de voix de lady Morag et toutes les expressions de son visage.

Elle était à présent persuadée de ceci : lady Morag savait des choses qu'elle n'avait dites à personne et était décidée à épouser le duc par tous les moyens.

« Cela ne sera pas, pensa Fiona. Je me battrai, non seulement pour le disculper, mais pour l'avoir. Il est à moi, à moi pour toujours! »

6

Mme Meredith aida Fiona à retirer sa robe.

– Vous êtes vraiment très jolie ce soir, mademoiselle, dit-elle. Tout le monde en a parlé en bas.

– Merci, dit Fiona avec un sourire.

Puis, comme Mme Meredith emportait la robe pour la ranger dans la penderie, elle demanda :

– Est-ce que lady Morag aimait beaucoup la duchesse, sa sœur?

Mme Meredith se retourna d'un air surpris. Puis, elle répondit :

– Mais bien sûr. On peut même dire qu'elles étaient inséparables. C'est pour cette raison qu'après la mort de son mari, le vieux duc lui a offert cette maison.

Fiona voyait mal lady Morag se dévouer à une jeune sœur. Elle avait quelque chose de dur et d'inflexible, excepté lorsqu'il s'agissait du duc.

– Si vous voulez mon avis, continua Mme Meredith, suivant le cours de ses pensées, lady Morag et sa sœur étaient trop proches. J'ai toujours pensé que Sa Grâce était mise à l'écart. Comme me disait toujours ma mère, « deux, c'est bien, trois, c'est trop »!

Elle suspendit la robe de Fiona et celle-ci lui demanda :

– Madame Meredith, avez-vous la moindre idée de ce qui a pu arriver à Sa Grâce? Quelqu'un a bien dû la voir le jour où elle a disparu?

– Moi, je l'ai vue, mademoiselle. Je me suis occupée d'elle, comme chaque jour.

– Semblait-elle normale? Préoccupée?

– Pas le moins du monde, mademoiselle. Elle bavardait. Elle était même très contente, car il devait y avoir un bal la semaine suivante.

– Un bal!... murmura Fiona, comme pour elle-même.

Eh bien, quoi d'extraordinaire! Le château n'était-il pas réellement fait pour les festivités et pour que les gens s'y amusent?

M. Mac Keith leur avait montré la salle de bal qui

s'appelait autrefois « Salle du chef ». Là, en effet, le chef du clan réunissait ses hommes pour discuter avec eux des batailles à livrer contre les Anglais et de la conduite à tenir envers les chefs des autres clans.

Feu le duc l'avait restaurée et c'était à présent une pièce magnifique et grandiose, très différente, Fiona en était persuadée, de ce qu'avait été la salle du conseil, éclairée de meurtrières.

– Sa Grâce était indécise. Elle ne savait quelle robe porter. Tout d'abord, elle avait pensé à une toilette blanche, avec les diamants des Rannocks : puis lady Morag lui suggéra de porter du vert.

« Du vert, avait-elle objecté, mais cela porte malheur ! Et chaque fois que je porte cette couleur, je me querelle avec Aiden. »

« Le vert te va mieux, avait répondu lady Morag. Et puis, les émeraudes seront magnifiques avec cette robe. »

– Je croyais, murmura Fiona, que lady Morag était très superstitieuse.

Elle se rappelait toute l'histoire que cette dernière avait faite à propos de la sorcellerie.

Mme Meredith haussa les épaules.

– Sa Seigneurie dit une chose, puis un moment après, une autre. Mais, cette fois-ci, Sa Grâce n'a pas eu le loisir de prouver si le vert portait malheur ou non.

Après le départ de Mme Meredith, Fiona s'assit, pensive.

Fallait-il prêter attention au fait que lady Morag qui, pourtant, aimait sa sœur, avait exposé celle-ci à se quereller avec son mari ?

Son caractère était apparemment très possessif et il semblait à Fiona que, derrière cette information, se cachait autre chose.

« Quoi que je fasse, songea-t-elle, il ne faut pas que les domestiques s'aperçoivent que je mène une enquête. Cependant, je me demande si on les a interrogés. »

Elle n'imaginait pas le duc s'entretenant avec son valet de chambre d'un sujet aussi personnel et Mac Keith lui-même trouvait certainement au-dessous de sa dignité de bavarder avec le personnel.

« Je découvrirai ce que je pourrai, se dit-elle, mais il faut être discrète. »

En se mettant au lit, elle aurait tant aimé s'entretenir avec le duc de ce qu'elle pensait, de ce qu'elle avait découvert. Mais il leur fallait faire très attention, car les murs du château avaient des yeux et des oreilles.

« Je voudrais tant le voir », murmura-t-elle.

Elle se sentait de lui un besoin irrépressible. Elle avait besoin de la sécurité que lui apportaient ses bras et sa bouche, mais elle savait aussi, après si peu de temps, que leur amour lui était essentiel.

Elle se sentait avec lui beaucoup d'affinité. Ils étaient incomplets l'un sans l'autre. Ils ne formaient plus qu'un seul être, physiquement et moralement, unis de cœur et d'esprit. Il semblait à Fiona que, sans lui, elle ne vivait plus.

« Je vous aime ! » chuchota-t-elle à son oreiller. Comment pourraient-ils vivre, séparés par une morte ?

Marie-Rose dormait toujours après le déjeuner et ce jour-là Fiona jouait doucement du piano dans la salle d'études, quand le comte fit son entrée.

– J'étais à votre recherche, dit-il. Je vous ai entendue et me voici, guidé par la musique.

Fiona leva les mains du clavier et dit en riant :

– Vous devenez poète !

– Vous en savez la raison.
– Où est le duc? demanda-t-elle.
– Avec des visiteurs enveloppés dans des tartans et venus du Nord pour le consulter sur un problème épineux.
– Je trouve extrêmement touchante la confiance que les hommes du clan témoignent à leur chef, repartit vivement Fiona qui trouvait la remarque du comte par trop sarcastique.
– C'est étonnant comme vous pouvez être compatissante, mais dure en ce qui me concerne, remarqua-t-il.
– Si nous parlions d'un sujet plus intéressant, supplia Fiona.
– Je n'en puis imaginer de plus intéressant que vous.
– Je vous en prie. Vous ne me facilitez pas les choses.
Il la regarda et dit calmement :
– Je crois que je ferais aussi bien de voir les choses en face. Vous êtes amoureuse d'Aiden!
Elle ouvrit de grands yeux et la rougeur envahit lentement son visage.
– Que... voulez-vous dire?
– Exactement ce que je dis. Ne vous donnez pas la peine de nier. Je vous ai vus ensemble.
Fiona se tordit les mains.
– Que... puis-je dire?
– Rien, répondit le comte. C'était inévitable. Comme je vous aime tous deux, je suis heureux qu'Aiden ait enfin trouvé le bonheur.
– Je vous remercie et vous estime de prendre les choses ainsi.
– Ce n'est pas de l'estime que je voudrais de vous. Je vous aime et je ne voudrais pas que vous ayez le cœur brisé à cause d'Aiden.

– Il me semble... que... vous pourriez l'aider à... se libérer.

– L'aider? Mais j'ai fait tout ce qui était en mon pouvoir.

– Il y a sûrement quelque chose qui vous a échappé. Quelque chose de si évident que personne ne l'a remarqué.

– Alors Dieu seul sait ce que c'est! (Il y eut un silence, puis il ajouta :) La meilleure chose que vous pouvez faire, si vous avez deux sous de bon sens, c'est de m'épouser et d'oublier Aiden. Il vous faut oublier tous les malheurs qui ont frappé ce château.

– Même si je voulais vous épouser, répondit Fiona, vous savez bien que cela me serait impossible. Et Marie-Rose?

– Je puis parfaitement m'occuper d'elle.

– Croyez-vous que les Rannocks le permettraient? Voulez-vous déclencher de nouvelles haines?

Le comte soupira.

– Pourquoi diable ne vous ai-je pas rencontrée tout simplement dans le Sud? Je serais tombé amoureux de vous et vous aurais persuadée de m'épouser.

Elle ne répondit pas. Il poursuivit :

– Je sais ce que vous pensez, mais je suis convaincu que si vous ne l'aviez pas rencontré, vous auriez pu m'aimer. Aucune femme ne résiste à son charme, à son pouvoir, et surtout à son indifférence!

Il avait parlé d'un ton amer et Fiona poussa un petit cri.

– Je vous en prie... Je vous en prie, supplia-t-elle. Je ne veux pas gâcher votre amitié pour le duc; c'est la seule chose qui lui reste.

Elle traversa la pièce et posa la main sur son bras.

– Je vous admire, je vous respecte pour la façon dont vous vous êtes conduit, pour votre loyauté envers votre ami. Quoi qu'il arrive... ne l'abandonnez pas!

Comme si elle faisait appel en lui à quelque chose qui le gênait, il détourna les yeux.

– Vous me traitez en héros et je crois bien que cela me plaît.

Fiona eut un petit rire et retira sa main.

– Soyez donc un héros écossais et partez à l'attaque de ce monstrueux mystère. Les Ecossais adorent se battre.

– Que savez-vous des Ecossais?

– Depuis que je suis ici, j'ai rencontré les deux hommes les plus merveilleux qu'il m'ait été donné de voir.

– Merci. Même si je viens en second, répondit le comte. Maintenant, en ce qui concerne ce mystère, comment allons-nous faire pour découvrir une chose qui a échappé à des détectives chevronnés?

– J'aimerais bien le savoir, dit Fiona. J'ai lu les rapports de police et le compte rendu du shérif : il semble bien que la duchesse ait quitté le château.

– On a cherché absolument partout.

– Je me le demande, dit Fiona. Je ne puis m'empêcher de penser qu'on a oublié quelque chose et je suis sûre qu'une personne, au moins, pourrait nous aider si elle le voulait : lady Morag.

Le comte fut visiblement surpris par cette déclaration.

– Qu'est-ce qui vous fait dire cela? Cela m'étonnerait vraiment qu'elle sache quelque chose.

– Pourquoi?

– Parce que, dès qu'elle a appris cette disparition,

elle s'est évanouie, a crié, pleuré, tempêté et elle a même voulu accompagner les gardes dans leurs recherches en forêt et partout sur les terres.

– Pensez-vous que son chagrin était sincère? demanda tranquillement Fiona.

– En tout cas, elle en a fait une démonstration très impressionnante. Ensuite, elle n'a pas quitté Aiden d'une semelle, prenant prétexte de leur perte commune pour être toujours avec lui.

Fiona lui jeta un regard aigu.

– Etait-elle déjà amoureuse de lui, à l'époque?

– Je pense que oui. Je dois avouer que je ne lui ai jamais prêté beaucoup d'attention. C'est une femme très déplaisante.

– Essayez de vous souvenir, supplia Fiona. Semblait-elle désirer la compagnie du duc, comme elle désirait celle de sa sœur?

Il y eut un silence.

– J'essaie de me rappeler, dit le comte, ce qui se produisait lorsqu'ils étaient tous les trois ensemble. J'ai toujours pensé que Aiden devait souffrir d'avoir en permanence sa belle-sœur près de lui. Mais peut-être était-il en même temps fort content de ne pas être seul avec sa femme.

– Mais était-ce évident?

– C'était évident pour moi, répondit-il. Aiden et moi sommes des amis d'enfance, et j'ai toujours su qu'il ne voulait pas épouser Janet. Dès qu'ils ont été mariés, ils ont commencé à se quereller.

– Pourquoi? demanda la jeune fille.

– Je vous ai déjà dit que je ne la croyais pas tout à fait normale. Lady Morag a admis une fois devant moi que sa sœur était en proie, dans sa petite enfance, à des colères absolument incontrôlables. Il fallait, paraît-il, lui administrer des calmants.

– Dans ce cas, croyez-vous possible qu'elle se soit

donné la mort dans une sorte de crise de violence?

– C'est possible.

– Oui, mais... comment?

– Aiden a fait draguer toutes les rivières et tous les lochs à proximité du château.

– C'est extraordinaire, mais il y a sûrement une explication.

Elle le regardait avec anxiété et il répondit :

– Je sais ce que vous attendez de moi et je vais vous aider, ce qui, dans les circonstances actuelles, est particulièrement généreux de ma part.

– Je vous trouve merveilleux, dit Fiona. Mais je n'en attendais pas moins de vous.

– C'est vraiment injuste! protesta-t-il. Tout ce dont j'ai envie, c'est de vous prendre dans mes bras, de vous emmener loin d'Aiden et de ce château qui me paraît plus sinistre à chaque visite.

– Oui, mais je sais que malgré tout vous ferez votre possible pour que le duc et moi trouvions le bonheur.

Il demeura un moment sans rien dire, puis soupira :

– Très bien, vous avez gagné! Je jouerai donc le rôle du « chandelier » (1).

– Merci, dit simplement Fiona.

Elle regarda la pendule.

– Il faut que j'aille réveiller Marie-Rose.

– Je pense que c'est une discrète allusion au fait que je dois me retirer. Qu'allez-vous faire, maintenant?

– Nous allons à la pêche.

– Puis-je vous accompagner?

(1) *Le Chandelier*, pièce d'Alfred de Musset où l'amoureux transi assiste au triomphe de son rival. (N.D.T.)

– J'aimerais beaucoup, mais à mon avis, le duc souhaitera votre compagnie lorsqu'il en aura terminé avec ses hommes.

– Si vous me traitez ainsi, dit-il d'un air menaçant, je vais retourner dans mon château et me livrer à toutes les distractions qui m'y attendent!

Elle se contenta de lui sourire. Elle savait qu'il ne mettrait pas cette menace à exécution.

– On a besoin de vous ici et je sais que vous resterez.

Le comte quitta la pièce d'un air mélancolique.

Ce soir-là, ils dînèrent tous les trois.

Le comte avait décidé de se montrer plein d'entrain, il fit rire le duc à plusieurs reprises et ce fut le repas le plus charmant et le plus gai que Fiona ait fait depuis son arrivée.

Le comte raconta quelques escapades de jeunesse et, voyant le duc rire de bon cœur, elle songea qu'il serait bien différent si une femme n'avait pas jeté une malédiction sur sa vie.

« S'il y a de la sorcellerie ici, se dit-elle, c'est à cause de ce maléfice auquel on ne peut échapper. »

Ils plaisantèrent jusqu'à la fin du repas, puis les deux hommes se retirèrent au salon en compagnie de Fiona.

– Dois-je me montrer galant et vous laisser seuls? demanda le comte.

– Non, répondit le duc. Je pense que ce serait une erreur.

Ses deux compagnons le regardèrent, surpris, et il expliqua :

– Le troisième valet de pied, engagé il y a deux mois, est le fils de la cuisinière de Morag et j'ai le sentiment que tout ce qui se passe ici est répété dans le château de mon beau-frère.

– Probablement! s'écria le comte. Mais comment avez-vous deviné?

– Morag m'a dit l'autre soir une chose dont nous avions discuté seuls, vous et moi, au petit déjeuner et que je n'avais mentionnée à personne, pas même à Mac Keith. Sur le moment je n'y avais pas prêté attention.

Il poursuivit, après un silence :

– Mais pour l'heure, il ne faut pas que l'on puisse médire de Fiona. J'ai interrogé Mac Keith sur les nouveaux serviteurs. Il m'a appris que lady Morag avait beaucoup insisté pour faire engager son protégé.

– C'est très ennuyeux, dit le comte, car vous ne pouvez même pas le renvoyer.

– Evidemment non. Mais il nous faut faire très attention. Ainsi, il serait maladroit que nous restions seuls, Fiona et moi.

– Je suis de votre avis, dit la jeune fille. D'ailleurs, je vais me retirer. Lady Morag me traite comme une gouvernante, mais elle estime qu'il me faudrait un chaperon.

– C'est également mon opinion, dit le duc, et je suis prêt à en discuter avec vous, le cas échéant.

– N'avez-vous donc aucune parente, plutôt âgée et de préférence aveugle, qui pourrait venir s'installer ici?

– Je vais y réfléchir, dit le duc en souriant. Pour l'instant, je ne vois personne.

Il parlait d'un ton léger, mais elle comprit à l'expression de son visage qu'il aurait aimé demeurer seul avec elle.

Il ne fit aucun mouvement, mais il semblait à la jeune fille qu'il lui tendait les bras et elle faillit courir se jeter contre sa poitrine. Elle avait oublié la présence du comte. Elle n'avait qu'à faire un pas et se hausser pour que le duc prît sa bouche et la retînt captive.

Une vague de passion la submergea et elle sentit que le duc la désirait follement.

« Je vous aime! » Elle sentait les mots trembler sur ses lèvres.

Puis elle se força à faire une révérence, un sourire au comte et s'apprêta à quitter la pièce. Mais avant qu'elle eût atteint la porte, le duc la devança et leurs mains se rencontrèrent.

La jeune fille s'embrasa tout entière et, regardant le duc, comprit à la crispation de ses lèvres qu'il était à la torture. Sans doute, la discipline de fer qu'il s'imposait lui était-elle devenue intolérable.

« Il faut que je fasse très attention », se dit-elle. Une fois dans sa chambre, elle se demanda si elle ne ferait pas mieux de partir.

« Comment pourrons-nous supporter indéfiniment cette situation? »

Peut-être serait-il charitable pour le duc et préférable pour elle d'accepter d'aller s'installer à Edimbourg. Mais chaque fibre de son corps regimbait à se séparer de lui. Cependant, elle savait qu'elle jouait avec le feu.

Le matin suivant, elle apprit par Mme Meredith que le duc et le comte étaient partis pour toute la journée et que Marie-Rose et elle resteraient seules.

Fiona regarda par la fenêtre et, comme il faisait un temps magnifique, elle décida de passer le plus de temps possible dehors.

– Excusez-moi, mademoiselle, dit Mme Meredith, interrompant le cours de ses pensées, mais il serait vraiment gentil à vous de rendre visite à la vieille Granny (1).

– Qui est-ce?

– Nous l'avons toujours nommée ainsi parce qu'elle est la plus âgée du clan. Elle s'occupait de Sa Grâce et de lord Ian lorsqu'ils étaient enfants et elle aime à parler du bon vieux temps.

– J'irai lui rendre visite, promit Fiona.

– Elle est presque aveugle, à présent, et perd un peu la tête, mais on m'a dit hier qu'elle désirait vous voir. Ce serait vraiment gentil à vous.

– J'irai la voir pendant la sieste de Marie-Rose, dit Fiona.

– J'enverrai un domestique la prévenir de votre arrivée, dit Mme Meredith. Je sais qu'elle attend cette visite avec impatience.

Le soleil qui avait brillé toute la matinée disparut et il se mit à pleuvoir. Marie-Rose renonça à sa promenade quotidienne et Fiona se mit au piano avec elle; puis la fillette commença un portrait de Rollo dont elle voulait faire la surprise au duc.

– C'est difficile de rendre la fourrure, tante Fiona. Allons voir Rollo au chenil, je pourrai mieux le dessiner.

– Je pense qu'il est parti avec ton oncle, dit Fiona. Reste ici, je vais me renseigner.

Elle sortit sur le palier où attendaient deux valets de pied. Elle les appela et l'un d'eux se hâta vers elle. Son kilt se balançait gracieusement et elle se fit la réflexion qu'aucune livrée anglaise n'était aussi seyante.

– Rollo est-il parti avec Sa Grâce? demanda-t-elle.

(1) Granny signifie grand-maman. (N.D.T.)

– Oui, mademoiselle, je l'ai vu courir derrière les chevaux, répondit le domestique.

– Merci, dit Fiona. C'est tout ce que je voulais savoir.

Elle retourna vers Marie-Rose qui jeta son crayon en disant :

– Tant pis, je continuerai demain. Je ne peux pas bien faire sans lui.

– Veux-tu que je te lise quelque chose, ma chérie? Ou préfères-tu que nous descendions à la bibliothèque?

Le petit visage s'illumina.

– Oh, oui! Ce sera très amusant! Oncle Aiden a tout plein de livres et il y en a avec des images.

– Eh bien, allons voir ce que nous pourrons trouver.

Elles regardèrent un livre sur les chiens qui intéressa beaucoup la petite fille. Elle en parla pendant tout le déjeuner et l'emporta dans son lit pour faire la sieste.

– Je voudrais que tu dormes, dit Fiona. Nous allons mettre le livre près de toi et tu le regarderas à ton réveil.

– Je veux voir s'il y a un chien aussi beau que Rollo.

– Je suis sûre que c'est impossible, dit Fiona en souriant.

Elle borda l'enfant, l'embrassa et tira les rideaux.

– Ne partez pas plus d'une heure, tante Fiona, supplia-t-elle.

– Je te promets que je serai de retour à 2 h 30.

– Je serai très sage, promit Marie-Rose.

Fiona ferma la porte et se hâta vers sa chambre pour jeter un châle sur ses épaules. Il ne pleuvait plus, mais le ciel était couvert et elle ajusta sur sa tête un petit chapeau de paille à ruban bleu assorti à sa robe bordée de broderie anglaise.

Cette toilette lui avait demandé beaucoup de travail, mais elle était très seyante et plairait sans doute au duc.

Elle descendit le large perron de marbre. Elle avait emporté un parapluie et se dirigea vers les grilles à l'est du château.

La petite maison était à une assez longue distance et elle passa devant la Tour des Faucons et la Tour du Prieur. Parvenue à destination, elle entendit une petite voix qui disait :

« Entrez, entrez! »

La porte était ouverte et elle pénétra dans la maison nette. Sur un fauteuil à bascule, était assise une femme, menue et très vieille, à cheveux blancs, qui lui désigna une chaise auprès de l'âtre, en disant d'une voix chevrotante :

– Asseyez-vous, je vous en prie. Je ne peux malheureusement pas me lever pour vous accueillir, car j'ai une crise de rhumatismes.

– Ne vous dérangez pas, je vous en prie, dit Fiona en s'asseyant près d'elle.

La pièce était d'une propreté méticuleuse. Il y avait sur les meubles de ravissants vases de porcelaine, contenant des bouquets de fleurs séchées : probablement des souvenirs de jeunesse de la vieille dame.

Elles bavardèrent un moment, puis Fiona dit :

– J'ai été navrée d'apprendre que Sa Grâce avait perdu sa femme. Ce doit être bien triste pour tout le monde de n'avoir pu élucider ce mystère.

– C'est bien vrai, reconnut Granny de sa voix douce. Mais ce n'était pas un heureux mariage. Je l'ai compris, dès que Sa Grâce a amené sa femme au château.

– Comment cela? demanda Fiona qui regretta aussitôt sa question.

Elle avait senti tout de suite que Granny était ce que les Ecossais nomment une « fée ».

– Sa Seigneurie n'était pas le genre de femme qu'il faut pour un chef de clan, dit paisiblement la vieille dame.

Il y eut un silence, puis Fiona demanda :

– Je suis persuadée que vous voyez des choses qui échappent à tous les autres. Avez-vous la moindre idée de l'endroit où se trouve la duchesse?

– Beaucoup de gens m'ont posé cette question. Mais la douleur et l'angoisse qui ont accompagné sa mort m'ont rendue aveugle.

– La douleur et l'angoisse?

La vieille femme ne répondit pas et Fiona demanda d'une voix qui tremblait :

– Voulez-vous dire qu'elle est morte de mort violente?

Il y eut un nouveau silence, puis Granny s'écria :

– Son âme crie vengeance!

Fiona retint son souffle. Elle craignait ses propres pensées et regretta cet interrogatoire. La vieille femme, quant à elle, ferma les yeux et sembla se tasser dans sa chaise.

– Je crois qu'il faut que je parte, dit Fiona.

Elle sentit, lorsque Granny ouvrit les yeux, qu'elle avait parcouru un long chemin et qu'elle revenait d'un monde où peu de gens avaient le pouvoir d'entrer.

– Sa Seigneurie a demandé pitié. Je l'ai entendue, dit-elle. Maintenant, elle demande vengeance.

– Au revoir, dit Fiona, le souffle court. Je reviendrai vous voir prochainement.

Elle se dirigea vers la porte sans que la vieille

femme semblât seulement s'en apercevoir. Dehors, l'air frais lui fouetta le visage, et Fiona se crut au sortir d'un rêve. Elle avait envie de se secouer les épaules comme pour se débarrasser d'un fardeau.

« Cette vieille femme a l'esprit qui bat la campagne », se disait-elle, sans parvenir à y croire. Elle se sentait bouleversée et terrifiée par ses paroles.

Granny pensait que la duchesse avait été assassinée. Fiona le pensait aussi. Mais alors se posait la question de savoir qui était le meurtrier.

Elle pressa le pas.

« Je ne veux plus y penser », se dit-elle.

Elle essaya de se persuader que la vieille femme avait été influencée par les commérages. Mais une voix en elle lui criait : « Ce n'est pas vrai! ». Et la question revenait, insidieuse. Qui, en dehors de son mari, avait un mobile pour assassiner la duchesse? Qui d'autre la trouvait impossible à vivre?

Elle courait presque, serrant son châle autour d'elle, comme pour se protéger. Elle leva les yeux : le ciel était très nuageux, le vent était tombé. Il lui semblait que toute cette grisaille trouvait un écho dans son cœur. Les paroles de la vieille Granny avaient jeté un voile obscur et menaçant sur son existence.

« Je suis trop raisonnable pour écouter les divagations d'une vieille femme! » se rassurait-elle. Pourtant, elle entendait clairement la voix chevrotante :

« Elle n'a pas obtenu pitié, elle demande vengeance! »

Elle était presque arrivée au château, lorsqu'elle vit quelqu'un se diriger vers elle : c'était lady Morag.

Fiona n'avait aucune envie de la rencontrer et

elle soupçonnait lady Morag de vouloir se renseigner sur l'endroit d'où elle venait.

« Ma parole, se dit-elle avec colère, on croirait vraiment qu'elle est la maîtresse des lieux! » Peut-être même était-ce lady Morag qui avait mis dans la tête de Granny que la duchesse avait été assassinée.

« Il faut que je fasse très attention, elle est capable de faire battre des montagnes » se répéta-t-elle.

Puis, elle trouva que lady Morag courait de façon bizarre.

Lorsqu'elle fut arrivée près de Fiona, la jeune femme dit d'une voix entrecoupée :

– Dieu merci, je vous trouve! Je viens du château pour vous chercher. Votre nièce, cette petite sotte, a été vue se dirigeant vers la Tour des Gardes.

– La Tour des Gardes! s'exclama Fiona. Mais ce n'est pas possible. On a dit mille fois à Marie-Rose de ne pas y aller.

– Néanmoins, je crains que ce ne soit vrai, répliqua lady Morag. On m'a dit que Marie-Rose était partie il y a quelques minutes.

– Mais c'est horriblement dangereux!

– Extrêmement dangereux! acquiesça lady Morag. Je pense que nous devrions nous hâter.

– Oui, bien sûr.

Elle se mit à courir vers la Tour des Gardes qui se trouvait au nord du château, suivie par lady Morag. Elle espérait de tout son cœur que Marie-Rose n'était pas en danger.

Sans aucun doute, lady Morag tirerait de cette situation tout le parti possible et ne manquerait pas de faire remarquer qu'elle avait laissé l'enfant seule.

Le duc avait tellement dit et répété que la Tour

des Gardes était dangereuse! Lorsqu'elle arriva au pied de la tour, Fiona s'aperçut que la porte était ouverte. Rien d'étonnant à cela : les gonds étaient rongés par la rouille et la porte pendait lamentablement contre le mur.

– Marie-Rose a dû monter tout en haut, dit lady Morag.

Fiona ne répondit pas mais acquiesça intérieurement. Cela ne ressemblait pas à l'enfant de désobéir ainsi; mais, fascinée par les histoires que lui avait racontées son père, peut-être n'avait-elle pu résister à la tentation.

Ces derniers temps, la petite fille avait eu beaucoup de distractions, mais elle n'avait pas oublié l'incident où son père et son oncle avaient défié leur tuteur en se cachant dans la Tour des Gardes.

Sans perdre son temps en vaines paroles, Fiona s'engagea dans l'escalier de pierre en colimaçon, éclairé par des meurtrières.

Par la porte de ce qui avait dû être la première pièce, elle vit le plancher effondré dont les poutres et les traverses pendaient contre le mur.

Au-dessous de ce trou béant, ce n'était que ténèbres.

Sans un mot, consciente de la présence de lady Morag sur ses talons, elle poursuivit sa montée vers le second étage. Les marches étaient fort usées; Fiona prit sa robe à deux mains afin d'aller plus vite.

L'escalier tournait toujours... Elles montaient, montaient encore et bientôt atteignirent le toit. Mais cette dernière pièce était à peu près aussi délabrée que les précédentes.

Le plancher, pas complètement effondré, s'était

détaché de l'un des murs, probablement parce que la poutre qui le soutenait s'était brisée.

Fiona s'arrêta une seconde et, totalement épouvantée, se mit à crier :

– Marie-Rose! Marie-Rose!

Seul lui parvint l'écho de sa propre voix qui résonnait si étrangement qu'elle en eut la chair de poule.

– Marie-Rose! Marie-Rose! Réponds-moi!

– Elle ne vous répondra pas, dit lady Morag, car elle n'est pas ici!

Fiona tourna la tête. La jeune femme était juste derrière elle.

– Que dites-vous? Vous venez de me dire qu'elle était ici.

– Parce que c'était le meilleur moyen pour vous faire venir jusqu'ici.

Sa voix était si étrange que Fiona la considéra avec stupeur. Elle dit vivement :

– Vous ne savez pas ce que vous dites. Vous n'aviez pas le droit de m'amener ici sous un faux prétexte. Je trouve cette plaisanterie de très mauvais goût.

– Ce n'est pas une plaisanterie, répondit lady Morag. Je vous ai amenée ici afin de me débarrasser de vous.

En disant ces mots, elle étendit les bras et Fiona poussa un cri. Elle voulut repasser la porte, mais il était trop tard.

– Mourez! s'écria lady Morag. Mourez comme est morte Janet. Personne ne vous retrouvera jamais.

Sa voix avait pris un ton suraigu et l'idée traversa l'esprit de Fiona qu'elle était bel et bien folle. Puis lady Morag la poussa avec violence. Elle sentit qu'elle tombait. Dans un effort désespéré, elle saisit une planche qui pendait le long du mur.

Elle était souple et bien entraînée, aussi put-elle faire ce rétablissement. Mais si légère qu'elle fût, son poids fit gémir et craquer la planche.

Pendant un instant, elle crut qu'elle allait se détacher et l'entraîner dans la douve, mais elle résista et elle resta à se balancer dans le vide. Elle n'arrivait même plus à penser. Elle affermit la prise de ses doigts et pria le ciel de pouvoir tenir.

Derrière elle, lady Morag éclata d'un rire dément.

– Tombez! Il vous faut mourir! Vous ne devez pas vivre!

Pendant un moment, Fiona eut l'impression qu'elle allait s'évanouir d'horreur, comme si elle vivait un cauchemar. Puis elle pensa au duc. Elle comprit qu'elle avait enfin trouvé le secret de la mort de sa femme.

Son amour lui donna des forces et elle se mit à hurler :

– Au secours!

Elle entendait l'écho de sa voix, dérisoire. Elle demandait du secours, non seulement pour elle, mais aussi pour l'homme qu'elle aimait, et cette pensée lui redonna courage :

– Sauvez-moi! Au secours!

Seul le silence lui répondit et elle se demanda si lady Morag était partie. Elle avait envie de tourner la tête, mais n'osait pas.

Son chapeau était tombé et ses souliers glissaient peu à peu de ses pieds. Le moindre mouvement pouvait la faire choir et elle commençait à se rassurer quand, tout à coup, elle comprit pourquoi elle n'entendait plus lady Morag. Cette dernière avait ramassé une grosse pierre tombée du mur et la lui lança. La pierre passa à quelques centimètres d'elle, puis elle l'entendit tomber dans l'eau.

– Vous allez vous noyer! criait lady Morag. Laissez-vous tomber, pauvre folle! Personne ne vous entendra et je vous lapiderai jusqu'à vous faire lâcher prise!

Elle devait être partie à la recherche d'une autre pierre car sa voix s'éloigna, puis mourut.

Une fois de plus, Fiona appela au secours.

Elle criait désespérément, sachant que lady Morag finirait par l'atteindre et la faire tomber. Déjà, ses bras lui faisaient mal et elle ne sentait plus ses doigts.

« Il faut que quelqu'un m'entende! »

Elle poussa un cri de douleur car une pierre venait de l'atteindre au milieu du dos.

– Vous allez mourir! criait lady Morag. Mourir! Comme Janet.

Le duc, rentrant à cheval avec le comte, aperçut le majordome, les yeux levés vers la fenêtre de la chambre de lady Morag. Il regarda dans la même direction et allait poursuivre son chemin lorsqu'il reconnut le petit visage de Marie-Rose derrière la vitre.

Il fit faire demi-tour à son cheval et demanda :

– Que se passe-t-il, Malcolm?

– Je ne sais pas au juste, Votre Grâce. Apparemment, Mlle Marie-Rose est enfermée dans la maison de Sa Seigneurie.

– N'y a-t-il personne?

– J'ai cru comprendre que les domestiques de Sa Seigneurie, comme la plupart des nôtres, sont partis à la fête du village.

– Ah oui, c'est vrai! Mais où est donc lady Morag?

– J'ai cru comprendre, Votre Grâce, d'après les

explications du concierge, qu'elle est montée avec Mlle Windham en haut de la Tour des Gardes.

– Comment? Mais elles savent pourtant que c'est très dangereux!

– Il se passe quelque chose, dit le comte qui avait tout entendu. Allons voir!

Il traversa la pelouse au galop. Le duc le suivit, en criant par-dessus son épaule :

– Faites sortir Mlle Marie-Rose, Malcolm. Même si vous devez pour cela enfoncer la porte!

Les deux cavaliers eurent bientôt atteint le pied de la tour et, sans perdre son temps en discours inutiles, le duc sauta à bas de son cheval et s'engagea dans l'escalier en courant.

C'est alors qu'il entendit le cri de Fiona et la voix de lady Morag, méconnaissable, qui criait :

– Vous allez mourir! Mourir comme est morte Janet!

Essoufflé, suivi du comte hors d'haleine, le duc arriva au premier étage. En se penchant, il vit le corps de Fiona qui se balançait dans le vide, tandis que lady Morag s'apprêtait à lui jeter une énorme pierre qu'elle tenait à deux mains.

– Arrêtez! cria-t-il. Lâchez cela!

– Il faut qu'elle meure! répondit lady Morag. Elle veut vous enlever à moi, elle doit mourir!

– Au nom de Dieu, que se passe-t-il? demanda le comte, derrière lui.

– Occupez-vous de lady Morag, dit le duc. Je vais essayer d'atteindre Fiona par l'autre côté.

Il repoussa le comte et descendit les marches aussi vite qu'il les avait montées.

Sans poser de question, le comte, de son côté, poursuivit sa montée. Puis il découvrit Rollo devant lui : le chien ne s'était pas rendu compte que son maître était redescendu.

En arrivant au haut de la tour, il entendit un ricanement diabolique et un grondement. Rollo, les poils de l'échine hérissés, grognait après lady Morag.

Elle reculait devant lui, les yeux élargis par la terreur.

– Va-t'en! disait-elle.

Puis, levant la pierre qu'elle tenait, elle la jeta à la tête du dogue. Avec un grondement féroce, Rollo bondit...

Une seconde plus tard, avant que le comte eût pu faire un geste, lady Morag, poussant un cri perçant, disparut dans le vide.

7

Un domestique entra dans la pièce où se tenait lady Selway et lui tendit un message sur un plateau d'argent.

– Cela vient du château de Rannock, madame la comtesse. Le domestique attend pour savoir s'il y a une réponse.

De l'autre côté de la grande table, Fiona se redressa un peu, tendue, cependant que la comtesse lisait le billet.

Elle l'avait ouvert avec la grâce qui la caractérisait. La mère du comte avait été très belle dans sa jeunesse et, à présent, son visage possédait une douceur exquise. Par bien des côtés, elle rappelait à la jeune fille sa propre mère. La comtesse avait un peu plus de cinquante ans, mais Fiona oubliait très souvent son âge et bavardait avec elle avec autant de plaisir et de naturel que si elle eût été une jeune fille.

Au bout d'un moment qui sembla fort long à Fiona, la comtesse leva les yeux et dit au domestique :

– Il n'y a pas de réponse.

Comme il se retirait, elle regarda malicieusement Fiona en disant :

– Je suis sûre que vous êtes dévorée de curiosité.

– Bien sûr... répondit la jeune fille.

La comtesse se tourna vers Marie-Rose qui avait achevé son petit déjeuner.

– Veux-tu faire quelque chose pour moi, mon enfant chérie? J'aimerais que tu ailles nourrir mes oiseaux.

Marie-Rose laissa échapper un petit cri d'excitation.

– Je peux? Toute seule?

– Mais oui. Je suis sûre que tu feras aussi bien que moi. Surtout, n'oublie pas l'eau.

– Je ferai très attention, dit Marie-Rose en quittant précipitamment la table.

Elles entendirent les petits pieds courir dans le couloir. La comtesse se mit à rire.

– J'ai l'impression qu'à l'avenir Marie-Rose va passer beaucoup de temps avec moi et j'en suis très heureuse.

Fiona ne répondit pas et, au bout d'un moment, la comtesse poursuivit :

– C'était une longue lettre de Torquil. Je vais vous en lire l'essentiel. (Elle considéra la lettre un moment avant d'ajouter :) D'abord, on a emmené le corps de lady Morag dans le Nord où elle sera enterrée avec sa famille.

Fiona ne répondait toujours pas, retenant son souffle; puis la comtesse continua :

– On enterre la duchesse demain en grande pompe. D'après Torquil, toutes les personnalités importantes d'Ecosse assisteront à la cérémonie.

– J'en étais sûre, dit Fiona à voix basse.

– Naturellement, ce sera pour eux une manière de s'excuser et j'espère que bon nombre d'entre eux auront des remords au souvenir de leur conduite de ces dernières années.

– Je suis sûre que le duc a apprécié la loyauté de votre fils à sa juste valeur, murmura la jeune fille. C'est le seul soutien moral qu'il ait eu pendant tout ce temps.

– J'aime beaucoup Aiden, et ce, depuis son enfance, dit la comtesse. Je l'ai toujours cru incapable de commettre un crime aussi barbare. Soit dit en passant, Janet a mérité plus d'une fois une bonne fessée!

Elle avait parlé avec emportement, mais elle se reprit aussitôt :

– Ne disons pas de mal des morts. Maintenant, tout ceci doit être oublié et Aiden peut recommencer sa vie... avec vous.

Fiona sentit le rouge envahir son visage et se retourna instinctivement pour s'assurer qu'elles étaient seules dans la pièce.

– Ne vous inquiétez pas, mais nous devons être très discrètes. Aiden a particulièrement insisté sur ce point. C'est pourquoi nous partons pour Londres, Marie-Rose, vous et moi, demain matin.

– Pour Londres?

– Aiden nous y rejoindra le plus tôt possible. La seule chose qui lui importe, c'est que l'on ne parle pas de vous.

– Mais... nous pourrions... rester à Edimbourg! protesta Fiona d'une voix mal assurée.

– Il n'en est pas question! interrompit la comtesse. Notre hôtel ne contient pas autant de trésors, mais il est dans la famille Selway depuis des générations et je vous assure qu'il est très confortable.

– Je vous remercie.

– Je considère Aiden comme mon fils, je souhaite qu'il soit heureux et je sais qu'il le sera.

Fiona rougit de nouveau, mais sans lui laisser le temps de répondre, la comtesse continua :

– Nous aurons beaucoup à faire à Londres : il faut nous occuper de votre trousseau.

Les yeux de Fiona brillèrent d'excitation, puis elle dit d'une voix hésitante :

– Je pense que... pour le moment... je ne puis pas me permettre ce genre de... d'extravagance.

– Ce sera notre présent de mariage, à Torquil et à moi. Je me suis toujours demandé, s'il se remariait, ce que je pourrais lui offrir pour lui faire plaisir. Maintenant, je le sais.

– Mais... C'est impossible, protesta Fiona. C'est beaucoup trop...

– J'ai bien l'intention de le faire, dit fermement la comtesse. Aussi est-il inutile d'en discuter. Je sais qu'il vous faut ce qu'il y a de mieux, étant donné la vie que vous allez mener désormais avec Aiden. (Une lueur malicieuse dansa de nouveau dans les yeux bruns :) N'oubliez pas que c'est un très bel homme.

Il arrivait à Fiona de penser que la terrible scène de la tour était un cauchemar. Pourtant, d'une certaine façon, c'était une bénédiction.

Lorsqu'elle s'était retrouvée dans les bras du duc, tous deux assis sur les débris de ce qui avait été l'une des fenêtres de la tour, elle s'était dit qu'il l'avait arrachée à l'enfer pour la transporter dans un paradis qui n'existait que pour eux seuls.

Même une fois saine et sauve, contre la poitrine de celui qu'elle aimait, elle se croyait toujours en train de se débattre désespérément pour sauver non seulement sa vie mais aussi son amour. Il lui semblait qu'elle était encore accrochée à cette poutre brisée...

« Il ne faut pas que je tombe! Je ne dois pas tomber! » se répétait-elle, dans l'attente du prochain coup que lui porterait lady Morag.

Si cette dernière l'avait touchée à la tête, elle eût perdu conscience et disparu, ainsi que la duchesse, dans les eaux noires qui se seraient refermées sur elle.

Beaucoup plus tard, lorsqu'on dragua la douve, Fiona apprit que personne n'avait eu l'idée d'aller examiner les alentours de la tour désaffectée.

Il n'y avait que très peu d'eau, en réalité, mais dans sa chute la duchesse s'était cogné la tête, avait sombré dans l'inconscience et s'était noyée.

Lors de son sauvetage, Fiona ne pensait qu'à une chose : elle aimait le duc et rien d'autre au monde ne comptait. Le comte dut les laisser un certain temps pour aller chercher des hommes et des échelles, mais Fiona était heureuse dans les bras du duc et y serait restée une éternité.

– Vous êtes saine et sauve, mon trésor, répétait-il, mais dire que j'aurais pu vous perdre!

Il avait un ton si douloureux que Fiona eût aimé le consoler, mais elle était incapable de parler. Elle avait subi un tel choc qu'elle était comme inconsciente. Néanmoins elle se rappelait, de manière très claire, avoir été dans les bras du duc et s'être sentie réchauffée par son amour.

Le duc l'avait portée dans sa chambre et étendue

sur son lit. Et, comme il s'apprêtait à quitter sa chambre, elle retrouva un faible souffle de voix pour lui chuchoter :

– Vous êtes sauvé...

Elle ne pensait pas au danger qu'elle avait couru. Elle ne pensait qu'à lui.

– Je suis sauvé pour toujours. Grâce à vous, avait-il répondu de sa voix profonde.

Mme Meredith était dans la chambre, aussi ne put-il en dire davantage, mais il prit les doigts meurtris aux ongles cassés et les porta à ses lèvres avec dévotion.

Le médecin prescrivit uniquement du repos et donna une potion. Mais elle demanda à Mme Meredith de lui préparer une décoction de ses herbes et, après l'avoir bue, la jeune fille s'endormit paisiblement.

– On va retirer les corps de Sa Seigneurie et de Sa Grâce de la douve et le duc a bien recommandé qu'il n'y ait personne.

Un frisson d'horreur secoua Fiona. Elle songeait aux deux sœurs enfouies ensemble dans les eaux et aux ravages causés par la disparition de la duchesse.

« Ceux qui l'ont soupçonné pendant si longtemps, connaissent maintenant leur monstrueuse erreur », se dit-elle.

De le savoir délivré de la suspicion qui l'avait entouré comme un noir nuage pendant tout ce temps la réconforta et elle s'endormit en souriant.

Fiona ne fut pas surprise lorsque, le lendemain matin, Mme Meredith lui apprit que des arrangements avaient été pris pour que Marie-Rose et elle se rendent chez la mère du comte immédiatement.

Elle avait espéré voir le duc avant son départ.

Elle mit des vêtements de voyage et, prenant la main de Marie-Rose, descendit au salon. Le duc était là, en effet, mais il lui fut impossible de lui parler, car il était entouré de six hommes, les plus importants chefs de clans, ceux-là mêmes qui l'avaient renié après la disparition de la duchesse.

Il les présenta à Marie-Rose, puis à elle-même.

– J'envoie ma nièce chez la mère de Selway jusqu'à ce que cette déplaisante affaire soit terminée, expliqua-t-il.

– C'est très sage à vous, Strathrannock, approuva le plus âgé des chefs. Il est certain que ce n'est pas la place des femmes.

Il regarda Fiona et elle lut l'admiration dans ses yeux. Les autres hommes la regardaient aussi avec une admiration non dissimulée.

– Au revoir, mademoiselle, dit le duc en contrôlant sa voix. Merci d'avoir amené Marie-Rose jusqu'ici. Je regrette seulement que vous nous quittiez sur des impressions aussi désagréables.

– Malgré cela, ma visite et mon séjour ici ont été charmants et pleins d'intérêt, Votre Grâce, répondit calmement Fiona.

Elle savait qu'il fallait jouer cette petite scène afin que personne, dans l'entourage du duc, ne se pose la question de savoir pourquoi elle se trouvait là.

– Au revoir, oncle Aiden, dit Marie-Rose, tandis que le duc la soulevait dans ses bras. Je voudrais revenir bien vite et recommencer à pêcher; Donald a dit que je pêcherai bientôt aussi bien que vous, sinon mieux!

Tout le monde se mit à rire et elles quittèrent la pièce accompagnées par les souhaits de bon voyage de tous.

Dehors, les attendaient deux voitures; l'une pour Fiona et Marie-Rose, l'autre qui devait transporter leurs bagages et une femme de chambre, choisie par Mme Meredith pour prendre soin d'elles.

– J'espère que vous vous plairez en compagnie de ma mère, dit le comte, tandis qu'un valet de pied couvrait leurs genoux d'un plaid. Auriez-vous la bonté de lui remettre ce petit mot de ma part? Dites-lui que je ne manquerai pas de lui écrire tout ce qui se passera ici d'important.

Fiona comprit que cette dernière phrase était à son intention. Et puis, lorsqu'elle prit l'enveloppe des mains du comte, elle constata qu'il y en avait une autre, pour elle.

Elle l'ouvrit. Le message ne contenait que trois mots :

« Je vous aime. »

C'était là tout ce qu'elle désirait.

Ensuite, elle le savait, elle n'aurait plus de nouvelles que par l'intermédiaire de la mère du comte. Bien sûr, cette solution était la seule raisonnable, mais elle ne pouvait s'empêcher de penser que le duc allait lui manquer terriblement... Ses bras, le son de sa voix...

Quant à elle, il fallait qu'elle prenne du repos, pour se remettre du choc subi. Sa sœur Rose-Marie, qui avait soigné toutes sortes de maladies, lui répétait souvent que les maux de l'âme et de l'esprit étaient aussi importants et aussi graves que les blessures du corps.

« Le corps parvient à se guérir de lui-même, le plus souvent, disait-elle de sa voix douce, mais l'esprit a besoin de soins particuliers et il est plus fragile. »

Comme Fiona voulait se rétablir le plus vite possible afin d'être au mieux de sa beauté, pour le duc, elle se laissa aisément persuader par la comtesse de se lever tard le matin et de faire la sieste après le déjeuner, comme Marie-Rose.

Le château du comte était très différent de celui des Rannocks. De construction beaucoup plus récente, il était clair, aéré, et possédait une vue superbe sur la vallée. Le jardin était plein de fleurs car le jardinage était, avec les soins donnés aux oiseaux, la passion de la comtesse.

– Les fleurs sont belles, disait-elle, et nous avons besoin de beauté. Vous, surtout, qui avez été en contact avec les laideurs de l'existence.

Avec le recul, Fiona se souvint qu'elle avait toujours trouvé quelque chose de déplaisant, voire de laid chez lady Morag. Instinctivement, elle s'était défiée d'elle dès le premier jour.

Cependant, elle comprenait l'amour maladif qu'elle portait au duc, cet amour qui l'avait conduite au meurtre de sa propre sœur.

Fiona avait réussi à rassembler les pièces de ce puzzle, de ce casse-tête. Pourquoi et comment lady Morag, une fois installée dans les lieux après la mort de son mari, avait délibérément envenimé les rapports entre sa sœur et le duc. A vrai dire, cela avait été facile, car – la comtesse le lui avait confirmé – Janet Mac Donald était elle aussi une névrosée.

– Aucune personne douée de quelque bon sens ne l'aurait mariée à un homme intelligent et sensible comme Aiden; mais le vieux duc ne pensait qu'à deux choses : sa famille et l'histoire de l'Ecosse. Pour sceller cette alliance, le père de Janet lui proposa de lui rendre une terre que les Mac Donald avaient volée aux Rannocks, il y a de cela fort longtemps.

Elle eut une moue de dégoût et poursuivit :

– Je pense que les gens qui se préoccupent trop

de l'histoire ont tendance à oublier ce que cette attitude fait endurer aux gens ordinaires.

Le comte, comme l'apprit Fiona, avait avoué à sa mère qu'il aurait aimé l'épouser.

– Vous êtes exactement le genre de femme que j'aimerais pour Torquil, lui dit avec franchise la comtesse un soir après le dîner. Mais cela ne lui fera pas de mal d'attendre encore un peu.

– J'espère qu'il trouvera quelqu'un qui lui convienne, dit Fiona.

Elle était fort surprise de voir combien la comtesse prenait le sort de son fils à la légère.

– Torquil, expliqua celle-ci, est, en ce qui concerne les femmes, quasiment un enfant. Le duc qui lui, a beaucoup souffert, est plus mûr, bien que sensiblement du même âge.

– Croyez-vous qu'il soit nécessaire de tant souffrir?

– Je crois, en tout cas, qu'Aiden fera un bien meilleur mari que par le passé, répondit la comtesse. Il peut enfin épouser une femme qu'il aime et je crois qu'il la rendra très heureuse.

– Il est... merveilleux! murmura Fiona. S'il était un homme... ordinaire, je l'aimerais tout autant.

La comtesse sourit.

– J'espérais que vous parleriez ainsi, dit-elle. Je savais, du reste, que vous l'aimiez sincèrement et pour lui-même, ce qui a toujours été son souhait le plus cher. Vous savez, il est très particulier.

« C'est vrai », songeait Fiona, désespérée, dans le train du duc qui les emmenait à Londres et les éloignait toujours l'un de l'autre.

Marie-Rose, elle, était enchantée d'avoir retrouvé le train. Elle se souvenait de tous les domestiques qui l'avaient accompagnée et servie lors de son premier voyage et voulut absolument serrer la main du conducteur et du machiniste.

– Est-ce que je n'ai pas de la chance, avait-elle demandé à la comtesse, d'avoir un oncle qui possède un train et le plus grand château de toute l'Ecosse?

– Beaucoup de chance, assura la comtesse.

– Je vais vous livrer un secret, mais vous ne le répéterez à personne! continua Marie-Rose.

– C'est promis, dit la comtesse.

– Je trouve votre château plus joli que celui d'oncle Aiden, mais il ne faut pas le lui répéter, n'est-ce pas?

– Bien sûr que non, convint la comtesse. Ce ne serait pas très gentil.

Une fois seule avec Fiona, elle lui demanda:

– Pourquoi Marie-Rose ne viendrait-elle pas vivre avec moi, après votre mariage? Je vais en parler à Aiden. Je serais absolument ravie de l'avoir auprès de moi et nous sommes si près l'un de l'autre que vous pourriez la voir tous les jours.

– Mais, repartit Fiona, le duc ne m'a pas encore demandé de l'épouser... Vous allez trop vite en besogne... Il peut encore changer d'avis.

– C'est bien improbable, dit la comtesse en souriant. Attendons! Mais votre trousseau, lui, doit être prêt; se constituer une garde-robe prend beaucoup de temps et il faut que tout soit terminé lorsque Aiden se décidera.

Fiona trouva un plaisir immense à se choisir un trousseau. Elle acheta des robes absolument somptueuses pour des prix qu'elle trouva exorbitants.

– Ma garde-robe, avouait-elle à la comtesse, est digne d'une princesse!

– Mais une duchesse est presque aussi importante, lui fit observer celle-ci. De plus, vous êtes anglaise, et les Ecossais seront très critiques à votre égard.

– Vous m'effrayez, dit Fiona. Supposez que je fasse des choses qui choquent les Ecossais? Que je fasse honte au duc?

La comtesse eut un sourire.

– Je suis sûre, ma chère, que votre mari sera attentif à vous épargner les bévues. Quant aux critiques, si lui vous trouve à son goût, que vous importe?

« Elle a raison », se dit Fiona.

Mais le temps passait et le duc ne donnait pas signe de vie. L'angoisse commençait à l'étreindre. Avait-il changé d'avis?

Elles reçurent une lettre du comte, les funérailles avaient été si grandioses et l'assistance si nombreuse que tout le monde n'avait pu entrer dans la chapelle.

Les gens avaient fait au duc de si vives protestations d'amitié qu'il était impossible de ne pas rire de leur hypocrisie et qu'on eût bien aimé leur dire ce que l'on pensait d'eux.

« Aiden prend les choses avec dignité. Il ne montre en rien qu'il a été choqué et peiné par ces injurieux soupçons. J'espère que cela fera réfléchir les gens! » écrivait le comte.

– Je l'espère aussi, dit Fiona, lorsque la comtesse eut terminé de lire la lettre. Ils se sont conduits d'une manière abominable et seul quelqu'un de qualité peut leur pardonner si généreusement.

– Aiden réagit exactement comme je m'y attendais, déclara la comtesse. Maintenant, mieux vaut oublier tout ce qui concerne la duchesse, sans quoi vous pourriez ranimer de vieilles haines et nous en avons bien assez en Ecosse.

– Vous avez raison, dit Fiona. Je vais tâcher d'oublier, mais j'ai horreur de l'injustice.

– Nous avons tous horreur de l'injustice, ma chère petite, observa la comtesse, mais vous devez vous montrer à la hauteur d'Aiden et accepter les choses telles qu'elles sont.

Fiona se promit d'essayer. Elle ne rêvait que de voir le duc et de s'assurer qu'il l'aimait autant qu'elle l'aimait.

« Peut-être, maintenant qu'il est libre, trouve-t-il amusant de reprendre sa vie mondaine », songeait-elle avec inquiétude avant de s'endormir.

Elle savait que le monde l'accueillerait à bras ouverts; les jeunes gens beaux, riches et titrés, étaient rares et il ne manquerait pas d'exciter la convoitise des mères ayant filles à marier.

« Moi, je ne suis rien », songeait Fiona amèrement.

Pourtant leur amour les avait tous deux transportés. Rien n'importait que d'être à nouveau réunis.

Cependant un doute subsistait et la comtesse se plaignait de la voir maigrir de jour en jour et de ce qu'il faudrait reprendre toutes ses robes à la taille.

« Mon Dieu, priait Fiona chaque soir, faites qu'il m'aime encore... »

Un après-midi, qu'elle était assise dans le salon occupée à broder un mouchoir qu'elle destinait à son hôtesse, elle entendit la porte s'ouvrir. Elle pensa que c'était Marie-Rose et la comtesse qui revenaient du zoo.

– Ah vous voici! dit-elle sans lever les yeux de son ouvrage. Vous êtes en retard.

– Je suis content de vous l'entendre dire, répondit une voix profonde. C'était exactement ce que j'espérais.

C'était le duc qui venait d'entrer dans la pièce et, pendant un instant, elle eut le sentiment de se trouver en face d'un étranger.

Puis elle se rendit compte que, non seulement il avait l'air plus jeune et plus heureux, mais encore qu'il ne portait pas la tenue écossaise. Vêtu d'un costume sobre et élégant, il était plus beau et plus séduisant que jamais, quoique très différent.

Ils restaient immobiles, l'un en face de l'autre et Fiona eut l'impression que le duc la fouillait du regard jusqu'à l'âme.

Puis, sans dire un mot, il tendit les bras. Elle eut un petit cri étranglé et se précipita contre lui pour s'assurer que c'était bien lui, qu'il était bien là.

Il l'attira presque rudement contre sa poitrine et referma ses bras sur elle. Il baissa les yeux sur elle, la regardant passionnément avant de prendre sa bouche.

Fiona comprit que toutes ses appréhensions étaient vaines : il l'aimait. Sa bouche lui disait clairement le désir qu'il avait d'elle et combien il avait été dur d'être séparés.

Emerveillée, transportée, elle reconnut la sensation qu'elle avait éprouvée chaque fois qu'il l'avait touchée : celle de n'être plus sur terre, mais dans un paradis réservé à eux seuls.

Son corps se tendait vers lui, son cœur battait à l'unisson avec le sien et il lui sembla qu'il s'était également emparé de son esprit. Ils ne faisaient plus qu'un. Elle voulut lui dire qu'elle l'aimait, mais c'était inutile.

Seul un amour exceptionnel, fort et quasiment divin, pouvait unir deux êtres de cette manière.

Enfin le duc leva la tête.

– Mon trésor, ma chérie, dit-il d'une voix mal assurée, m'aimez-vous toujours?

– Je voulais... vous poser la... même question, chuchota Fiona.

– Vous connaissez la réponse. Sachez que si j'ai tardé à venir vous rejoindre, c'est que je n'ai pu faire autrement.

– C'est ce que j'ai essayé de me dire... mais je mourais d'envie de vous revoir.

– Moi aussi.

Il se remit à l'embrasser et elle sentit à quel point il avait envie et besoin d'elle. Il l'embrassa tant et tant que ses yeux et ses lèvres se mirent à briller comme des étoiles. Bientôt elle fut sans souffle. Alors le duc lui dit :

– Laissez-moi vous regarder. Je ne croyais pas la chose possible, mais, en vérité, vous êtes encore plus belle.

– Je veux toujours être... belle pour vous... et si j'avais su que vous arriviez... je me serais mieux arrangée...

– Vous êtes ravissante, la rassura le duc. Si jolie que je me demande si vous n'êtes pas un rêve.

– Non. Je suis bien réelle.

Elle lui tendit ses lèvres et il la serra contre lui, mais ne l'embrassa pas.

– Nous avons encore beaucoup à découvrir l'un de l'autre, mais nous n'avons plus besoin d'attendre : nous nous marierons demain matin.

– Demain... matin?

– Oui. Et ensuite, je vous emmène!

– Où cela?

– D'abord à Paris, puis à Rome.

Fiona eut un rire ravi et le duc demanda :

– Cela vous convient-il pour votre voyage de noces?

– C'est... merveilleux! De toute façon, je serais heureuse... n'importe où, pourvu que ce soit avec vous.

– Je serai toujours avec vous désormais. Nous voyagerons à l'étranger jusqu'à l'automne et seulement alors, nous annoncerons notre mariage. (Il posa sa joue contre celle de la jeune fille et ajouta :) A notre retour en Ecosse, mon cœur, vous aurez un accueil digne de vous, enfin.

– Rien n'a d'importance, aussi longtemps que vous m'aimerez et que nous serons ensemble.

– En êtes-vous sûre? Je vous aime tant que je n'arrive pas à exprimer vraiment ce que je ressens.

La réserve forcée dans laquelle il s'était tenu des années durant avait du mal à disparaître. Mais l'amour qu'elle lui portait aurait raison de cela comme le soleil a raison de la nuit et disperse les ombres.

Il lui avait dit une fois qu'elle était sa lumière et qu'elle allait lui ouvrir pour toujours la porte de sa prison.

Les paroles n'avaient pas d'importance. Ils étaient si proches l'un de l'autre qu'ils ressentaient mutuellement leurs impressions.

– Je vous aime! dit Fiona. Et lorsque je serai votre femme, je pourrai vous le montrer...

Elle vit à l'expression du visage du duc que c'était là exactement ce qu'il attendait. Il recommença à l'embrasser... Leurs deux cœurs battaient à l'unisson et la flamme dévorante du désir qu'ils avaient l'un et l'autre était comme palpable entre eux.

– Que c'est beau! murmura Fiona.

– Vous aussi, mon trésor, vous êtes belle.

Elle sourit et se détourna de la fenêtre où elle

contemplait l'aube qui teintait d'or les toits de la ville.

Ils séjournaient dans un palais des environs de Rome et mis à la disposition du duc par l'un de ses amis italiens. Fiona pouvait, de sa chambre, voir couler le Tibre et contempler le dôme de Saint-Pierre. Dans la pâle lueur de l'aurore, la ville étincelait et les cyprès faisaient songer à des prières humaines, s'élevant vers le ciel sans nuages.

Couché dans le grand lit peint et sculpté, le duc contemplait son épouse dont la silhouette se découpait sur le ciel à travers sa chemise de nuit transparente, sans qu'elle en eût conscience. Aucune statue ne pouvait se comparer à elle. Sa beauté l'émouvait comme nulle femme auparavant, et le sang battait à ses tempes.

Il l'adorait, non seulement pour sa beauté, mais aussi pour la plénitude de l'amour qu'elle lui vouait et la façon dont elle s'était donnée à lui sans réserve.

Elle était totalement sienne, et cependant elle gardait sa personnalité. Ils étaient liés l'un à l'autre très étroitement et cette pensée stimulait son esprit.

– Oh, Aiden, venez voir le soleil sur l'eau des fontaines! On dirait que nous sommes dans un pays de contes de fées.

Elle sourit et ajouta :

– Du reste, c'est exactement le cas. Venez voir!

– J'ai autre chose à faire.

– Quoi donc?

– Venez ici et je vous le dirai.

– Je voudrais que vous veniez voir les fontaines.

– Et moi, je voudrais que vous veniez près de moi.

Elle le regarda, irrésolue, tentée de lui complaire et, en même temps, déterminée à faire ce qu'elle désirait.

– Venez ici! dit le duc d'une voix rauque.

Cette fois-ci, c'était un ordre. Elle ne pouvait ni ne voulait lui résister, aussi courut-elle se nicher dans ses bras qu'il referma sur elle.

– Je ne puis supporter que vous vous éloigniez de moi, ne serait-ce qu'un instant.

– Oh, mon chéri! lorsque vous me dites de telles choses, je suis si heureuse que les larmes me viennent aux yeux.

– Si vous pleurez pendant notre voyage de noces, j'en serai très fâché, la gronda le duc. De plus, je n'aime pas les femmes qui pleurent. Surtout pour obtenir ce qu'elles veulent.

– Cela n'arrivera jamais, promit Fiona, car je veux ce que vous voulez. C'est un vœu que j'ai fait en vous épousant et je ne changerai pas d'avis.

Le duc lui baisa le front.

– Qu'avez-vous donc qui vous rend tellement irrésistible? Je ne puis penser à rien d'autre qu'à vous.

– Voulez-vous dire que vous avez oublié l'Ecosse? demanda-t-elle d'un ton taquin.

– Presque, admit-il. Je ne pense qu'à votre douceur, à quel point vous êtes adorable, combien j'ai envie de vous tenir dans mes bras et comme il m'est difficile de ne pas vous embrasser vingt-quatre heures sur vingt-quatre!

Elle lui mit les bras autour du cou et chuchota :

– Je vous aime tant que j'ai peur de vous lasser à force de vous le dire. Mon ami chéri, mon mari bien-aimé, je crois qu'il nous faut rentrer chez nous.

– Pourquoi?
– Rien au monde n'est plus délicieux que d'être ici avec vous, mais je sais qu'il y a des choses que vous seul pouvez faire au château et, de plus, il vous faut reprendre la place qui vous est due.
Il savait qu'elle avait raison. Mais comment une aussi jeune femme et qui avait si peu vécu, non seulement savait parfaitement ce qu'il fallait faire, mais encore le savait avant lui?
– Comment êtes-vous si sage et si avisée? demanda-t-il.
– Parce que je sais d'instinct ce qui est bon pour vous et que je vous aime et ne désire que votre bonheur.
Elle posa un baiser passionné tout près de ses lèvres avant de poursuivre.
– Vous m'avez rendue si heureuse! Vous m'avez tout donné et avez fait de moi la femme la plus gâtée de la terre. Maintenant, il est temps de penser à vous.
La bouche du duc errait dans ses cheveux.
– L'Ecosse me semble si loin, murmura-t-il.
– Voilà le plus grand compliment que vous m'ayez jamais fait, répondit Fiona. Mais, mon amour, vous êtes resté absent si longtemps que je suis sûre qu'une foule de choses vous attend. Et puis...
– Et puis?
– Il y a encore une autre raison de rentrer.
Elle avait parlé si bas qu'il eut de la peine à l'entendre. Il resserra son étreinte et demanda :
– Qu'est-ce que cela peut bien être?
Elle ne répondit pas et au bout d'un instant, il questionna très tendrement.
– Puis-je deviner?

– Oh, Aiden... Vous savez bien! Je voudrais tellement que vous soyez content!

– Content? Mais, mon trésor, je suis fou de joie! Etes-vous sûre?

– Je crois... J'aimerais tant vous donner un fils... un futur chef pour le clan.

Il attira Fiona dans le lit et la recoucha, puis baissa son regard sur elle.

– Je crois que tous les hommes, dit-il lentement, désirent trouver la femme idéale et tous pensent que c'est impossible. Moi, j'ai trouvé l'impossible, j'ai trouvé la perfection.

– Je voudrais que vous me trouviez.... parfaite, en effet, dit Fiona. Mais je vous en prie; ne regardez pas de trop près, ou vous allez découvrir mes imperfections et être... déçu.

– Non. Je ne le serai jamais.

Il l'embrassa lentement, et ses baisers brûlants réveillèrent le feu qui l'habitait, semblable à celui qui le dévorait. De nouveau, Fiona eut la sensation de faire partie de ce monde d'amour et de beauté qu'ils avaient créé ensemble. Un amour qui chaque jour devenait plus profond...

Cet amour était unique, elle le savait. Ils s'étaient trouvés et rejoints parce qu'il le fallait, et qu'ils étaient deux moitiés d'un même être.

Les lèvres du duc se firent plus insistantes et il promena sa main sur le corps de Fiona, éveillant en elle un désir presque douloureux, mais dont elle avait à présent l'habitude.

Elle savait qu'il éprouvait la même chose qu'elle. L'enchantement qu'ils se donnaient l'un à l'autre les transportait dans un paradis qui ressemblait au ciel pur de l'Italie. Cet amour faisait d'eux des dieux.

« Je vous aime! » criait Fiona dans le secret de son cœur.

Ils avaient traversé bien des épreuves avant de se retrouver, mais l'amour leur avait montré le chemin : une passion irrésistible et folle qui leur permettrait de vivre ensemble toutes ces années à venir, bonnes ou mauvaises.

Achevé d'imprimer sur les presses de l'imprimerie Brodard et Taupin
7, Bd Romain-Rolland, Montrouge. Usine de La Flèche,
le 15 mars 1983
6365-5 Dépôt Légal mars 1983. ISBN : 2 - 277 - 21441 - 8
Imprimé en France

1441
★★

Editions J'ai Lu
31, rue de Tournon, 75006 Paris
diffusion France et étranger : Flammarion